<중앙아시아 여행기 2: 카자흐스탄/키르기스스탄>

천산이 품은 그림 2

송근원

〈중앙아시아 여행기 2: 카자흐스탄/키르기스스탄〉

천산이 품은 그림 2

발　행 | 2020년 6월 28일

저　자 | 송근원

펴낸이 | 한건희

펴낸곳 | 주식회사 부크크

출판사등록 | 2014.07.15.(제2014-16호)

주　소 | 서울특별시 금천구 가산디지털1로 119 SK트윈타워 A동 305호

전　화 | 1670-8316

이메일 | info@bookk.co.kr

ISBN | 979-11-372-0629-8

www.bookk.co.kr

　이 책은 2018년 10월 3일부터 11월 31일까지 약 두 달간의 여행기록 중 일부이다. 곧, 이 기간 동안 카자흐스탄, 키르기스스탄, 조지아 아르메니아를 여행하였는데, 이 가운데, 카자흐스탄과 키르기스스탄의 여행기록이다.

　곧, 〈중앙아시아 여행기 1: 천산이 품은 그림 1〉은 주로 카자흐스탄의 알마티와 알마티 근교에 있는 쉼불락, 샤린 협곡, 카인디 호수, 콜사이 호수, 빅 알마티 호수, 그리고 키르기스스탄의 비슈케크와 그 근교인 알라아차 국립공원을 돌아본 후 이식쿨 호수의 북쪽으로 길을 잡아 촐폰 아타, 카라콜을 거쳐 다시 호수 남쪽의 제티오구즈, 페어리 테일 등을 구경하고, 발릭치를 거쳐 나린으로 내려가기 전까지의 기록이다.

　한편 〈중앙아시아 여행기 2: 천산이 품은 그림 2〉는 나린으로 가 그곳에 거처를 두고 타쉬라밧과 아트바시 유적을 구경한 후 다시 비슈케크로 와 알라메딘 국립공원을 본 후, 카자흐스탄의 알마티로 다시 돌아와 알마티 근교인 부타코브카, 메데우, 식물원, 대통령공원 등을 관광하고, 아스타나를 방문하여 아스타나 시내를 돌아다닌 것을 기록한 것이다.

물론 두 달 간의 여정 중 조지아와 아르메니아는 따로 〈조지아 아르메니아 여행기: 코카사스의 보물을 찾아 1,2〉에 수록되어 있다.

〈중앙아시아 여행기 1: 천산이 품은 그림 1〉과 〈중앙아시아 여행기 2: 천산이 품은 그림 2〉에 기록된 카자흐스탄과 키르기스스탄 여행은 사실 한마디로 너무나 황홀한 여행이었다.

이 여행의 대부분은 천산산맥 속에서 이루어졌는데, 하늘은 새파랗고, 눈을 인 고봉들이 줄지어 파노라마를 연출하는 풍경은 너무나도 사람을 감격스럽게 만든다.

흰 눈이 쌓인 높은 산과 그 산 위에 걸쳐 있는 하얀 구름, 그리고 눈밭이 된 초원에서 풀을 뜯는 양떼와 말떼들은 자연이 그려낸 그림 그 자체였다.

누가 이런 아름다운 그림을 그릴 수 있겠는가!

한마디로 천산이 품고 있는 풍경이요 그림이다.

샤린 협곡과 페어리 테일 협곡은 그야말로 동화 속의 이야기가 흘러나오는 그런 협곡이었고, 카인디 호수의 녹색 물빛과 호수 속에 죽어 기둥만 남은 나무들은 환상 그 자체였고, 고봉들 속에서 운무로 뒤덮인 빅 알마티 호수는 한 폭의 동양화였으며, 노란 단풍과 푸른 콜사이 호수의 물빛 역시 아무데서나 볼 수 없는 비경이었다.

타쉬라밧으로 오가는 길은 그 자체가 파노라마였고, 눈 속에 솟아오른 고봉들은 경외감을 불러일으키기에 충분하며, 감탄사를 연발하게 만드는 마술 같은 풍경이었다.

여행에서 돌아온 지 불과 넉 달이 지났지만, 다시 한 번 가보고 싶은 곳들이다. 이들 풍경들은 다시 한 번 이곳을 방문하게 만드는 마력이 있는 것이다.

이러한 천산이 품은 비경은 또한 그 나름대로 고대의 전설과 신화를 간직하고 있다.

특히 천산의 높은 산들은 우리의 단군신화와도 관련되는 듯하고, 아스타나의 박물관에서 본 황금갑옷과 칼, 그리고 무덤 양식과 비석 등은 우리의 고대 역사 및 문화와 깊은 관련성이 있는 듯하다.

한편, 카자흐스탄의 수도인 아스타나에 새로 지어 놓은 거대한 건물들은 그 자체가 건축예술의 위대함을 보여주는 대작들이다.

이러한 예술적인 건축물들은, 푸른 하늘과 대비되는 흰 눈을 인 고봉들, 큰 호수, 그리고 협곡 등 천산이 품고 있는 자연이 보여주는 풍경들과 대비되면서, 여행에 새로운 맛을 더해 준다.

이 두 권의 책을 읽는 분들께선 이 책을 통해 중앙아시아 여행에 관한 정보를 얻고 그것이 중앙아시아 여행에 조금이나마 도움이 되었으면 좋겠다.

이 책들을 통해 천산이 품은 그림과 전설을 즐겨 주시면 고맙겠다,

2019년 2월 전자출판하고,
2020년 6월 칼라판 종이책으로 출간함
송원

차례

키르기스스탄: 나린/타쉬라밧/아트바시 /비슈케크(2018.10.17-20)

21. CBT(Community Based Tourism)
   ▸ 1

22. 비단길의 주막집 타쉬 라밧
   ▸ 9

23. 하늘이 그린 그림을 누가 따라가랴!
   ▸ 16

타쉬랏밧 가는 길

설산과 말

24 생사의 갈림길 ▸ 25

25. 산이 부르는 소리 ▸ 36

유르트

카자흐스탄: 알마티
(2018.10.21-10.23)

26. 한 치 앞을 내다볼 수 없는 게 우리 인생 ▸ 44

27. 입장료만 내버린 셈 ▸ 50

28. 알마티 맛집 ▸ 60

29. 야가 가여? ▸ 68

30. 역시 물어보길 잘했다. ▸ 77

하즈랏 술탄 모스크

카자흐스탄: 아스타나
(2018.11.24)

31. 좋아하는 일을 해야 한다. ▸ 83

32. 왜 비둘기가 130마리냐고? ▸ 93

33. 중앙아시아에서 제일 큰 모스크
    ▸ 101

34. 투어는 밤에 하시라! ▸ 108

35. 사람에 대한 믿음의 실종 ▸ 116

36. 밤새 헤맬 줄 알았는데……. ▸ 126

37. 손을 대고 기도하면 소원이 이루어진
    다고? ▸ 133

38. 아직도 철이 안 났으니……. ▸ 139

39. 카자흐스탄, 우리와 닮았다.
    ▸ 148

후기 ▸ 157

책 소개 ▸ 159

21. CBT(Community Based Tourism)

2018년 10월 17일(수)

나린에는 3시 넘어 도착한다.

관광안내소 역할을 하는 CBT(Community Based Tourism)에서 내일 일정을 논의하다.

이곳 키르기스스탄에는 관광안내소 대신에 여행조합이라 할 수 있는 CBT에서 투어 프로그램 등 여행을 안내해주고 유르트 홈스테이, 민박 (guest house)이나 호텔 등을 알선해 준다.

조그마한 마을에서도 CBT가 조직되어 있고 그 직원은 대체로 영어가 통하는 까닭에 영어가 잘 안 통하는 이곳 중앙아시아에서도 CBT를

나린 가는 길

키르기스스탄 나린

나린 시 들어서며

찾으면 바가지 쓰지 않고 여행을 할 수 있다.

사실 발릭치 버스터미널에서도 바가지 쓰지 않고 나린까지 오는 택시를 수배하려고 CBT를 찾았으나 찾지 못했던 것이다.

여기 나린에서는 부킹닷컴에서 확인해 놓은 다카라는 민박집(Datka's Guest House)을 구글 지도를 보고 가는 도중, 창밖으로 CBT를 발견하였기 때문에 쉽게 찾아갈 수 있었던 것이다.

여기 CBT는 나린 시에 들어서서 시청 쪽으로 길을 따라 가다보면 얼마 안 가 시외버스 터미널이 나오는데 그 맞은편에 있다.

우리가 묵은 민박집에서 한 15분 정도 걸으면 된다.

21. CBT(Community Based Tourism)

키르기스스탄 여행을 하시는 분들은 어느 곳에서든 CBT를 활용하시라!

CBT 청년은 영어도 잘한다.

송쿨 가는 길은 세 군데 중 두 군데가 눈으로 막혔고, 한 군데로 갈 수는 있는데 차 한 대에 3,500솜(약 57,000원) 주면 된다고 한다.

한편, 타쉬 라밧(Tash Rabat)은 2,500솜(약 41,000원)이면 된다고 한다.

타쉬 라밧은 옛 비단 장수들이 비단 팔러 신라에서 유럽으로 가는 길에 쉬어 가던 곳의 땅이름이다.

곧, 천산산맥의 재를 넘어 첫 번째 주막집이 이곳 타쉬 라밧에 있는 것이다. 요 주막집을 유식한 체하는 사람들은 '대상(隊商)들의 숙소', 영

나린 시내

나린 시내: 전차

어로 캐라반사라이(Caravanserai)라고 부른다.

타쉬라사의 '타쉬'는 '둥'이 뿌리말로서 '둥〉둣(돌)/둣쉬(타쉬)/들〉돌'
의 변화 속에서 생긴 말이니 '돌'을 의미하는 것이고(투르크어 '타쉬'는 우
리말 '돌'과 형제말이다). 라밧은 뭔지 모르겠지만 돌로 된 곳이라는 것은
짐작할 수 있다.

아마 돌로 된 주막집이란 뜻인지도 모르겠다. 어쩌면 그보다는 주변
이 돌산들이기 때문에 생긴 땅이름일 가능성이 더 높다.

주변이 돌산이니 돌로 된 주막집이겠지~.

우린 내일 여정을 타쉬 라밧으로 결정한다. 9시에 출발하여 오후 3
시에 돌아오는 걸루!

이 이외에도 우리가 방문하고자 하는 오쉬(Osh) 역시 눈 때문에 길

은 현재 막혀 있다는 정보도 들었다.

일단 내일은 타쉬 라밧을 구경하고, 모레 송쿨로 가든, 오쉬로 가든 결정하기로 했다.

이 둘 가운데 눈길이 뚫리는 곳으로 가면 되니까!

이 청년은 내일 오후에 길이 뚫렸는지를 저녁 때 전화해보고 알려주겠다고 한다.

이 이외에도 만약 오쉬를 가게 되면, 아마 알마티로 직접 가야되니 오쉬에서 알마티 가는 비행기도 알아본다.

오쉬-알마티 비행기는 매일 한 대씩 뜨는데, 일인당 50,000솜 내외, 그러니까 우리 돈으로 약 80,000원 정도라 한다.

이제 나린 시 구경을 하면서 '닷카'네 민박집으로 돌아온다.

나린 북쪽의 냇물과 산

나린 가는 길

21. CBT(Community Based Tourism)

타쉬 라밧 가는 길

나린 시 남쪽으로는 눈을 인 산들이 아름답고, 북쪽으로는 냇물이 콸콸 흐르는데, 그 너머 산들은 이상하게 눈도 안 쌓인 흙으로 된 민둥 산이다. 남과 북이 이렇게 다르다니, 참 희한한 도시이다.

우리 민박집은 일층은 식당이고 이층에 방이 있는데, 비교적 안락하고 깨끗하다.

저녁은 역시 CBT에서 가르쳐 준 노마드 카페에서 먹는다.

우리나라 육개장 비슷한 굴라시 120솜, 다판지라는 닭 요리 160솜, 차 20솜, 세금10%, 330솜 들었다. 우리 돈으로 6,000원도 안 되는 돈 이다.

요건 나 혼자 먹은 게 아니다. 둘이 먹은 거다. 참 싸다.

오면서 구멍가게에 들려 물을 산다. 생수 한 병에 35솜(약 600원)이다.

그리고 5솜짜리 과자와 빵 두 개를 15솜(약 250원)에 사가지고 호텔 방으로 돌아와 꿀물과 함께 후식으로 먹고 이를 닦는다.

이걸로 오늘 일과는 끝이다.

21. CBT(Community Based Tourism)

22. 비단길의 주막집 타쉬 라밧

2018년 10월 18일(목)

실크로드의 길목 주막집이 있는 타쉬 라밧으로 9시에 출발한다.

운전기사는 마루밧이라는 젊은이인데, 영어도 잘하고, 웃기도 잘하고, 사진 찍는 포즈를 취하면 차를 천천히 몰든가 세워 주든가 하는 눈치 있는 친절한 젊은이이다.

가는 도중 양과 말의 가격을 물어보니, 소 45,000(약 73만 원), 말 60,000-65,000(약 100만원 전후), 양 5,000솜(액 80,000원)이란다.

타쉬 라밧 가는 길은 그 풍경이 정말 환상적으로 아름답다.

때로는 왼쪽 길옆으로, 때로는 오른쪽 길옆으로, 때로는 눈앞으로 줄

타쉬 라밧 가는 길

키르기스스탄 타쉬 라밧

타쉬 라밧 가는 길: 눈밭의 양떼

기차게 이어진 높은 설산들은 말 그대로 파노라마이다.

참으로 아름다운 나라이다.

가는 도중 만나는 양떼, 말떼, 야크들, 저 멀리 흰 눈의 산들을 배경으로 한가로이 초원에서 풀을 뜯는 풍경은 참으로 평화롭다.

이곳이 해발 2,500-3,000m 고지인지라 초원에 눈이 내려 하얗게 변했는데도 양떼나 말들이 눈 속의 풀을 찾아 뜯고 있다.

저 눈밭에서도 먹을 것을 찾아 눈을 헤집는 말떼들, 양떼들이 하나도 가엾어 보이지 않고 행복해 보이는 건 왜일까?

타쉬 라밧 캐라반사라이는 말 그대로 돌로 된 집이다, 옛날 대상들이 실크로드를 따라 오가며 쉬고 먹고, 자고 가는 그런 곳이다.

눈 위에 서 있는 타쉬 라밧 캐라반사라이는 문이 잠겨 있다.

22. 비단길의 주막집 **타쉬 라밧**

타쉬 라밧 가는 길

키르기스스탄 타쉬 라밧

타쉬 라밧 가는 길: 눈길

타쉬 라밧: 캐라반 사라이

22. 비단길의 주막집 타쉬 라밧

타쉬 라밧: 캐러반 사라이

문틈으로 들여다보니 돌로 쌓은 아치형 문과 함께 말똥 냄새가 가득하다.

이곳이 유명한 곳이어서 꽤 규모가 큰 줄 알았는데, 별로 크지 않다.

단지 이 건물을 둘러싼 눈을 인 산들의 모습이 아름답다.

이 주막집 안을 구경하는 데는 또 돈이 든다. 어디서 왔는지 관리인이 열쇠를 들고 나타나 입장료를 내란다.

초롱 씨는 호기심을 이기지 못하여, 입장료를 내고는 혼자 들어가 말똥 냄새 그득한 곳을 헤맨다.

그 안을 구경한다고 기웃거려봐야 양파 껍질 까기임을 일찍이 터득한 우리는 말똥 냄새를 맡을 이유가 없다.

성능 좋은 사진기로 문틈에 대고 사진만 찍고는 주변 산들을 살펴본다.

키르기스스탄 타쉬 라밧

이 캐라반사라이의 돌벽을 따라 그 뒤로 걸어가 본다.

문이 푹푹 빠지지만, 언제 이런 경험을 해보겠나! 푹신푹신한 눈밭이 좋다.

뒤로 돌아가니 캐라반사라이의 벽이 낮아 그 위로 올라갈 수 있다.

그 위로 올라가니 마치 옥상에 서 있는 기분이다.

둥근 돔 모양의 지붕으로 가까이 가서 보니 여기 동서남북으로 창이 나 있다. 아마도 채광을 하기 위한 것이리라.

창틈으로 카메라를 들이밀어 사진을 찍는다.

마구간이 있고 방이 있고 저곳에서 식사를 하고 잠을 자며 돈 벌 궁리를 했으리라.

캐라반사라이는 그런 북적북적했던 역사를 잃어버리고 이렇게 유적

타쉬 라밧: 캐라반 사라이

22. 비단길의 주막집 타쉬 라밧

타쉬 라밧

취급을 받는 것이다.

역시 세월의 힘이다.

다시 옥상 같은 그곳에서 내려와 한 바퀴 빙 돌면서 사진을 찍는다.

이제 더 이상 할 일이 없다.

여기 오면 점심 먹을 곳이 있으리라 짐작하였지만, 이 짐작은 빗나가고 만다.

이 눈 속에 누가 여기 와서 밥 먹을 거라고 식당을 열겠는가? 한여름 성수기 때라면 아마도 노점도 있었을 것이고, 식당도 문을 열었겠지만.

여기서 점심을 먹을 요량이었으나, 먹을 데는 없고, 저쪽에 멀리 떨어진 곳의 간이화장실조차도 자물쇠로 잠가 놓았다.

키르기스스탄 타쉬 라밧

23. 하늘이 그린 그림을 누가 따라가랴!

2018년 10월 18일(목)

타쉬 라밧에서 나와 되돌아가는 길은 이곳으로 들어올 때 왔던 길이지만, 경치는 달라진다.

시간의 흐름도 있겠지만, 보는 각도에 따라 경치는 달라지는 것이다.

이렇게 저렇게 보는 시각에 따라 달라지는 것은 어디 경치뿐이랴! 정치도 마찬가지이고, 행복도 마찬가지이다.

이렇게 보든 저렇게 보든 보이는 것은 한가지인데, 한 면만 보고 즐거워하는가 하면, 한숨을 내쉬기도 한다.

이 면 저 면, 앞면, 옆면, 뒷면 모두 다 보고 거기에서 더 나은 방법

타쉬 라밧에서 나오는 길

타쉬 라밧에서 나오는 길: 유르트

을 찾는 것이 정치일진대, 그러지 않고 자기만 옳다고 서로 싸운다. 당쟁이 그러했고 현금의 정차 행태도 마찬가지이다.

국민의 눈에는 그래서 정치는 싸우는 것이고, 지저분한 것이라는 인식이 박혀 있어 자꾸 회피하려고 한다. 그러니 세월이 가도 그 꼴이 그 꼴이다. 국민들이 좀 더 앞 뒤 옆을 살펴보고 적극적으로, 그렇다고 싸우지는 말고, 참여해야 하는 것이 민주주의 아닌가!

옆길로 샜다. 다시 경치로 돌아가자.

나린으로 돌아가는 길 오른쪽으로는 개울이 흐르고, 산 밑에 유르트가 두 채 놓여 있고, 저쪽 편으로는 벽돌집이 있다.

개울은 푸른 물 가장자리로 뽀얗게 눈 녹은 살얼음이 얼어 있다. 개울만 봐도 아름답다.

키르기스스탄 아트바시

타쉬 라밧에서 나오는 길: 말과 호수

23. 하늘이 그린 그림을 누가 따라가랴!

타쉬 라밧에서 나오는 길: 높은 산과 구름

저 유르트는 아마도 양치며 이동하면서 사는 목동의 집인가?

밖은 눈으로 덮여 있지만 저 안은 포근할 것이다.

조금 더 가니 호수가 나오고, 아니 호수라고 할 것까지는 없는 조금 큰 물웅덩이가 나오고, 여기에서 말들이 목을 축이고 있다.

웅덩이에 고인 물에서 말들이 물을 먹는 모습 역시 평화롭다.

한 폭의 그림이 따로 없다.

한편 눈높이를 높여 저쪽 먼 산을 바라보면, 흰 눈이 푸른색의 뾰족 뾰족한 바위산 위에 쌓여 있고, 하늘은 짙푸른 색인데, 그 너머 흰 구름 조차도 마치 뭉뚱그려 그려 놓은 듯 몽환적이다.

하늘이 그린 그림을 누가 따라가랴! 하늘은 정말 감탄할 만한 예술 가이다.

키르기스스탄 아트바시

차를 몰고 되돌아 나와 찾아간 곳은, 천산산맥 3,000m의 고원지대 한 가운데 중세의 정착촌 유적지에 있는, 옛 잣(성곽) 코쇼이 코르곤(Koshoy Korgon)이라는 유적 터였다.

코쇼이 코르곤은 나린과 타쉬 라밧의 중간 거리에 있는 아트바시(At-Bash)에 있다.

이 잣[城砦: 성채]의 이름은 키르기스스탄의 영웅인 마나스 대왕(Manas the Great)의 열렬한 지지자였던 삼촌 코쇼이(Koshoy)의 이름을 딴 것이라 한다.

코쇼이(Koshoy)는 중국의 약탈로부터 키르기스인들을 보호하기 위해 이 성을 쌓았다고 한다.

29년 동안 적의 공격을 꾸준히 막아냈지만, 코쇼이 아내의 배반으로

코쇼이 코르곤: 무너진 성벽

23. 하늘이 그린 그림을 누가 따라가랴!

성채는 적에게 넘어가고 말았다 한다.

에이, 고약한 마누라로구만!

여기에서 우리는 마누라를 잘 얻어야 한다는, 아니면 잘 관리해야 한다는 교훈을 얻는다.

이 성은 키르기스인들을 약탈로부터 보호할 뿐 아니라 실크로드를 지나다니는 무역상인 캐라반을 위한 창고 역할도 했다 한다.

코쇼이 코르곤 유적 너머 산

이 요새는 1930년대부터 발굴이 시작되었는데, 이 잣의 바깥 둘레가 245 x 250m로서 직사각형 모양을 띠고 있다고 밝혀졌다.

한때 높이가 10m에 달했던 성벽은 깨어져 반은 없어지고 현재 절반만 보존되어 있다.

키르기스스탄 아트바시

코쇼이 코르곤: 박물관

이 잣의 주변은 끝없이 펼쳐진, 마치 황금들판을 연상케 해주는 대초원이 펼쳐져 있고, 흰 눈으로 덮인 산봉우리들이 장엄하다.

흙으로 두텁게 쌓아 올린 성벽은 대부분 허물어진 채 세월을 원망하고 있다.

시간은 모든 것을 앗아간다. 그러며 새로운 것을 만들어낸다.

새로운 것들은 사라져가는 것들의 아름다움마저 빼앗아버린다. 그래서 모든 사라지는 것들은 아쉬운 것이다.

살아 있는 그 아름다움을 간직한 채 사라져 갈 수만 있다면……

이 잣의 옆에 떨어져 있는 현대식 건물의 박물관 역시 자물쇠로 굳게 잠겨 있다.

2004년 문을 연 이 박물관은 이 잣에서 발견된 유물들을 전시하고

23. 하늘이 그린 그림을 누가 따라가랴!

있다는데, 문을 잠가 놓았으니 확인할 수가 없다.

이제 코쇼이 코르곤 유적지에서 나와 나린으로 되돌아간다.

시간은 한 시 반쯤 되었다.

되돌아가면서도 계속 셔터를 누른다.

나린으로 돌아오니 시간은 두 시가 채 안되었다.

오늘 우릴 안내해준 젊은이에게 내일 송쿨로 갔다가 코치콜로 가기로 약속을 한다.

나린Naryn)-카자르만(Kazarman)-자랄아바드(Jaral-Abad)-오쉬(Osh) 가는 길 가운데, 카자르만에서 자랄 아바드 가는 길이 폐쇄되어 있는데 길이 개통되려면 2주나 걸린다니 결국 오쉬(Osh) 가는 건 포기하고 송쿨로 가 코치콜로 가는 여정을 잡은 것이다.

코쇼이 코르곤: 초원

키르기스스탄 아트바시

비용은 4,500숨. 약 72,000원. 이 선생과 둘로 나누니 36,000원 주고 가는 셈이다.

호텔로 돌아와 호텔 식당에서 늦은 점심을 먹고, 호텔비 이틀치로 3,450숨(약 56,000원)을 준다.

그런데 또 물이 끊겨졌다.

참 환장할 일이다.

23. 하늘이 그린 그림을 누가 따라가랴!

24 생사의 갈림길

2018년 10월 19일(금)

9시에 나린의 여관을 나선다.

그러나 날씨가 문제이다. 눈 땜에 갈 수가 없단다.

송쿨은 키르기스스탄에서 가장 아름다운 호수라고 알려져 있으나, 길이 막혀 있으니 어쩌랴!

계획을 변경할 수밖에 없다.

CBT의 젊은 친구가 다시 택시를 수배해 준다.

정말 고마운 젊은이이다. 한국에서 가지고 간 기념품을 주고 한국에 오면 연락하라고 연락처를 가르쳐 준다.

나린에서 비슈케크 가는 길

키르기스스탄 나린-비슈케크

2,400솜(약 40,000원)에 비슈케크의 비바 호텔까지 가기로 하고 10시 반에 출발한다.

차는 아우디인데 30년이 지난 차이다.

운전기사는 카레이서 출신인지 중앙선을 넘어 왔다갔다 한껏 속도를 내며 잘도 달린다.

이 나라 택시 기사들의 운전 실력은 말로 표현할 수 없을 정도로 대단하다. 우리나라 운전기사들과는 비교가 안 된다.

이렇게 달리는데도 사고가 나지 않는 게 신기할 정도다. 오죽하면, 담이 큰 이 선생조차도 조수석에 앉길 꺼렸을까!

덕분에 전망 좋은 조수석은 언제나 내 차지였다.

나 역시 오금이 안 떨리는 건 아니다.

나린에서 비슈케크 가는 길

24. 생사의 갈림길

나린에서 비슈케크 가는 길

그렇지만 성경 말씀에 "담대하라!"라는 구절을 되뇌며, 한편으로는 공자님의 가르침인 "명은 하늘에 달려 있는 것"을 굳게 되새기면서 이 위기를 극복한다.

가는 길은 대부분 눈이 녹아 있으나 그래도 이런 속도로 달리는 건 위험해 보이긴 하다.

그렇지만 좌우 산들의 경치는 너무나 볼 만하다.

2시 15분 전에 이미 코치콜을 지나 발릭치 가기 전 호수에서 비슈케크 가는 지름길로 들어선다.

호수를 지나 얼마 안 가 산위를 달리는데 갑자기 드드득거리는 소리와 함께 차가 출렁이더니 멈춰 선다.

바퀴가 터진 줄 알았으나, 바퀴가 터진 것이 아니라, 바퀴 축에 문제

키르기스스탄 나린-비슈케크

나린에서 비슈케크 가는 길

가 생긴 것이다. 앞바퀴 축이 푹 내려앉고 기름이 줄줄 샌다.

큰일 날 뻔했다.

그나마 무사한 게 다행이다. 차가 저 언덕 아래로 굴렀으면 어찌할 뻔 했누?

생사의 갈림길에서 살아남은 것이다.

정말 위험한 순간이었다.

그러나 모르는 사람들은 모른다. 그냥 그렇게 지나간다. 이런 땐 아는 사람만 손해다.

사실 우리가 살아가는 한 순간 한 순간이 얼마나 위험한 것인지는 모르는 게 낫다. 생사의 기로에서 헤매는 것도 모르고 그냥 평안하게 사는 것이다.

24. 생사의 갈림길

지나가던 차가 도와주려 하나, 주저앉은 차를 어쩔 도리가 없다.

얼마 후 비슈케크 가는 버스가 지나간다.

버스를 세운다. 짐을 옮겨 싣고, 버스로 갈아탄다.

문제는 택시 기사에게 선불로 1,000솜(약 16,000원)을 주고 나머지 1,400솜(23,000원)은 도착해서 주기로 했는데, 버스 기사에게 나머지 1,400솜을 주라는 거다.

버스비는 코치콜에서 비슈케크까지 200솜이라고 읽었는데, 4명에 1400솜이라니!

택시 기사가 나쁜 놈이다. 버스 기사에게 지가 1,000솜 받았으니 나머지 1400솜을 받으라고 한 것이다.

말이 안 통하는데다 날씨는 춥고, 고장 난 택시 기사도 불쌍하고, 그

고장 난 차

키르기스스탄 나린-비슈케크

냥 도와주는 셈 치자 생각했으나, 요놈들 둘 다 괘씸하긴 하다.

생사의 갈림길에서 헤매게 해 놓고도 미안하다는 말도 없이 원래 지하고 2,400솜에 계약했으니 나머지 1,400솜을 내놓으라는 것 아닌가!

지가 1,000솜 받은 것 중 기름 넣고 요만큼 남았다며 돌려주는 시늉이라도 하면서 버스비를 주라고 해야 할 텐데, 지가 비슈케크 호텔까지 데려다 주지도 않으면서 나머지 돈을 버스기사에게 받으라고 하다니.

생각할수록 고얀 놈이다.

버스기사 역시 양심 없는 놈이다.

버스비가 일인당 200솜이니 800솜(약 13,000원)을 내야 마땅하거늘, 1,400솜을 내라고 하다니!

버스비가 얼마냐고 물으니 무조건 1,400솜이란다.

영어를 할 줄 안다는 키르기스스탄 아줌마도 괘씸하긴 마찬가지다.

버스비만 주라고 하지 않고, 기사가 1,400솜 내라는 말만 통역해주며, 우리보고 1,400솜 주라고 한다.

1,400솜 안 내면 그냥 가겠다는 거다.

이런 협박이 어디 있나?

지금 이 버스라도 타고 가야지 그렇지 않음 이 추위 속에서 언제 버스가 올지도 모른다.

에이, 이런 땐 현명해야 한다.

달라는 1,400솜 주고 버스를 탄다. 눈뜨고 코 베어간 놈들, 아니 눈뜨고 800솜 빼앗아간 놈들이다.

나중에 알고 보니 이 버스 기사와 친인척 관계가 있는 여자이다.

이는 뒷좌석에 앉은 초롱씨가 버스비가 200솜이라는 것과 함께 알아

나린에서 비슈케크 가는 길

키르기스스탄 나린-비슈케크

낸 사실이다.

외국인이라고 요 연놈들 셋이 바가지를 씌우는 거다.

에이! 허긴 이들에게 상식과 양심을 기대하는 것 자체가 감나무에서 사과 열리기를 바라는 것과 같다.

가던 도중 이 버스, 순경에게 딱 걸렸다.

기사가 운전면허증 등의 서류를 들고 내린다. 그리고 우리에게서 강탈한 돈은 순경에게 건네진다.

이게 자연 순환의 법칙인 모양이다. 아니, 돈의 흐름의 법칙인가?

에이, 쌤통이다. 속이 시원하다!

그러면서, "가다가 한 번 더 걸려라! 더 걸려라!" 계속 마음속으로 빈다.

그러나 하느님은 역시 참으로 관대하신 분이다.

갑자기 얼마 전에 읽었던 이야기가 생각난다.

어느 목사님이 지나가던 거지를 불러 저녁을 차려주었는데, 이 거지가 밥 먹으면서 계속 예수님을 욕하는 거였다.

화가 난 목사님은 이 거지를 쫓아내 버렸다.

그날 밤 예수님이 꿈에 나타나셔서

"나는 평생 나를 욕하며 다니는 거지에게도 그 동안 먹을 것 입을 것을 다 주었는데, 너는 그 거지가 밥 먹는 고 시간도 못 참고 쫓아내느냐? 반성하거라!"

점잖게 훈계하셨다는 얘기다.

왜, 이 이야기가 생각날까?

어찌 보면 원수를 사랑하라는 말씀보다도, 나 자신을 위해서, 나를

나린에서 비슈케크 가는 길

사랑하시기 때문에 그 운전기사를 용서하신 것 아닌가 생각한다. 그래서 딱지도 딱 한 번만 떼게 해주시고.

난 예수님이 아니지만 잊어버리기로 했다. 800솜 빼앗긴 것을 자꾸 억울하게 생각하는 것은 내 정신건강에도 안 좋은 것이니까.

비슈케크 정류장에 도착하여 초롱 씨와 주내가 몇 번 항의를 해봤으나 도둑놈처럼 생긴 그 버스기사가 돌려줄 리가 없다.

초롱 씨가 "폴리스, 폴리스"하면서 순경을 찾으니, 어디론지 그냥 사라져 버린다.

순경은 눈 씻고 찾아봐도 없다.

"꼭 필요할 땐 안 나타난다."는 법칙이 여기에서도 통한다.

"불쌍한 사람 도와준 셈 치고, 그냥 호텔로 갑시다."

키르기스스탄 나린-비슈케크

나린에서 비슈케크 가는 길

그러자 택시기사라면서 어디 가느냐면서, 비바 호텔까지 250솜 달라
한다.

택시비를 250이나 달라고? 야들이 정말 우릴 봉으로 아나?

70솜이면 가는데…….

그냥 지나가는 택시를 세워서 타고 흥정을 한다. 결국 100솜 주고
비바 호텔에 도착한다.

비바 호텔의 매니저인 아디가 반가워한다.

이제 점심 먹으러 버스를 타고 한식당 〈호반〉으로 간다. 버스비는
겨우 8솜(약 140원)이다. 참 싸다.

한식당 〈호반〉에서 오랜만에 김치를 먹는다.

주인아저씨는 원래 한국에서 중국집을 했고, 자장면을 잘 만들어 돈

24. 생사의 갈림길

을 좀 벌었는데 여기에서는 자장면이 안 팔려 처음에는 무척 고생을 했단다.

여긴 무슬림도 많고, 무슬림은 돼지고기를 안 먹으니까 돼지고기 대신 쇠고기를 쓰는 데도 사람들이 안 먹어서 나중에 알고 보니, 시커먼 걸 이 사람들이 싫어하기 때문임을 알았다는 것이다.

허긴 자장면을 처음 보는 사람은 그 시커먼 소스에 놀라 선뜻 손대기가 어려웠을 거 같다는 생각이 든다.

외국에 나와 사업을 하려면 사전에 이들이 원하는 거, 좋아하는 거, 싫어하는 거 등등에 관해 미리 알아야 한다.

외국에 나와 돈 버는 우리 교포분들 참 고생 많으시다.

25. 산이 부르는 소리

2018년 10월 20일(토)

이 선생 부부는 자꾸 오쉬(Osh)를 가고 싶어 한다.

매니저 아디에게 알아본 결과, 비슈케크에서 비행기로 오쉬에 갈 수 있는데 표가 없다고 한다. 한편 육로로 이동하는 것도 가능한데, 15시간 이상 걸린다고 한다.

그러나 오쉬에서 알마티 가는 비행기는 없다고 한다. 없는 게 아니라 오쉬에서 모스코바를 거쳐 알마티로 가야 한다는 것이다.

결국, 오쉬 가는 건 포기하고 며칠 동안 비슈케크에 있어야 한다! 볼 것도 없는데…….

알라메딘 가는 길

한편, 아디 왈, 송쿨에는 눈이 와도 갈 수 있다고 한다. 2박 3일에 일인당 180달러, 1박2일엔 90~120달러라고 한다. 여기엔 점심 저녁 아침 점심이 포함된다. 차량으로 송쿨 부근의 마을까지 5시간, 그 다음 부터는 말을 타고 3~4시간 유르트로 가서 숙박하는 비용이다.

이것도 지금이 비수기라서 그런 거고 여름 한 철 성 수기엔 부르는 게 값이라 한다.

한국인 여행사에선 당일치기 차 한 대에 둘이 가면 400달러, 넷이면 450달러라 한다. 물론 점심, 저녁 포함이다. 안전한 차로.

한인 운영 여행사가 비싸긴 하지만 안전하긴 할 것으로 생각한다.

여기 차량은 대부분 노후화 되어서 언제 어떤 사고가 날지 모른다. 과속은 물론이고, 차선 바꾸며 추월할 때에는 아찔한 경우가 많다.

이들의 운전 실력은 알아줄 만하나 문제는 차량 상태이다. 차들이 대략 2-30년이 넘었고, 엔진이나 브레이크에 경고 신호가 들어왔어도 무시하고 그냥 운행하는 경우가 태반이기 때문이다.

어제 사고도 갑자기 일어난 사고이고, 앞바퀴 축이 내려앉는 큰 사고이다.

따라서 안전불감증의 현지 여행사 차량보다는 한국인이 운영하는 여행사가 안전에는 더 신경쓸 것으로 생각한다. 특히 눈이 많이 내린 요즈음에는!

결국 위험하다는 판단 하에 송쿨은 포기한 것이다.

오늘은 프랑스인 커플하고 여섯이서 60달러에 알라메딘(Alamedin)이라는 산골짜기로 소풍가기로 했기에 8시에 식사를 하고 9시 반에 출발한다.

키르기스스탄 비슈케크

알라메딘 가는 길

알라메딘 가는 길은 시내를 벗어나니 자동차 앞으로 높은 산이 뿌옇
게 보인다.

뚜렷하진 않아도 가슴이 뛴다.

눈과 함께 어우러진 거대한 산들이다.

산이 나를 부른다.

산이 부르는 소리가 안 들리는가?

내가 산이 부르는 소리를 듣다니! 여기 와서 새로이 생긴 능력이다.

내가 원래부터 산을 좋아한 건 아니다. 여기 오면 누구나 산과 대화
를 할 수 있는 능력이 생긴다. 그만큼 산이 좋다.

출발한지 한 40여 분 달렸을까, 이제 차를 세워 놓고 걸어 올라간
다. 산길은 눈에 쌓여 있다.

25. 산이 부르는 소리

옆 계곡 쪽으로는 퇴락한 건물이 하나 있고, 큰 길엔 일부 눈이 녹아 질퍽거린다.

산자락 사이로 보이는 바위산은 하얀 눈과 시퍼런 바위가 조화를 이루며 우뚝 솟아 있다.

오른쪽 벼랑 밑으로는 녹색의 물이 콸콸콸 계곡을 이루며 흐르고 있다.

10여분 정도 걷자 이제 본격적으로 산길로 들어선다.

산길은 녹지 않은 눈 위에 나 있는 오솔길이다. 길옆으로는 이파리 떨어진 관목들이 그저 무심히 지나가는 나그네를 지켜보고 있다.

듬성듬성 큰 나무들이 있는 길을

알라메딘

키르기스스탄 비슈케크

돌아 나아가니 이제 비탈진 눈 덮인 초원이다.

요기에서 툭 내다보이는 저 바위산이 아까 본 바위산이다. 결국 저 바위산을 목표로 길이 나 있는 것이다.

비탈진 초원을 지나면 다시 4-5미터의 전나무 숲이다.

길은 여전히 한 사람이 다닐 수 있는 좁은 눈길이다.

기온은 영하이지만 그렇게 춥지는 않다.

조심조심 천천히 걷는다. 미끄러지지 않도록!

미끄러지면 우리 같이 나이 많은 사람들은 큰일 난다. 저쪽 벼랑 아래로 구르지는 않더라도 삐끗하여 살짝만 미끄러지더라도 정강이뼈나 엉덩이뼈를 보장할 수 없기 때문이다.

노인들은 대개 다리를 다치거나 고관절을 다쳐 누워있게 되면 돌아

알라메딘

25. 산이 부르는 소리

가시는 경우가 흔하다. 움직이지 못하고 병원에 누워 있다가는 합병증이 오기 쉽기 때문이다.

주내와 나는 서로 조심하라면서 살살 걷는다. 평소 멸치를 많이 먹는데도 주내는 골다공증 약을 먹어야 한다니 더욱 조심해야 한다.

이것도 운동이다.

마음대로 뛰고 구르던 젊은 날을 생각하여 그러다간 큰코다친다.

알라메딘

자신을 억제하는 것, 이것을 한자로 고상하게 말하면 극기(克己) 아닌가?

그러니 요렇게 살살 걷는 것 역시 일종의 극기 훈련이다.

키르기스스탄 비슈케크

1시간쯤 걸었든가, 이제 되돌아간다. 물론 이 선생 부부는 저 앞 산 모퉁이를 돌아 보이지 않는다.

우린 더 이상 욕심을 내지 않는다.

되돌아오면서도 가끔 뒤로 돌아, 오르지 못한 저 바위산을 본다. 언제 봐도 멋있는 산봉우리이다.

봄이나 여름엔 어떤 경치였을까를 상상하며 지금의 경치와 비교해 본다.

여름은 여름대로 겨울은 겨울대로 저 멀리 보이는 바위산 봉우리는 그대로이겠지만, 경치는 다 다를 것이다.

언제가 되었든 보여주는 자연은 철저히 아름답다.

자동차가 서 있는 곳으로 내려와 왼쪽 계곡 밑으로 가 퇴락한 건물

경복궁

25. 산이 부르는 소리

을 들여다본다.

꽤 큰 건물은 수영장이다.

아마도 성수기 때에는 수영장으로 문을 열었을 듯싶다.

프랑스인 커플은 우리보다도 덜 올라 왔다.

이들과 이런저런 이야기를 나누다보니 이 선생 부부가 돌아온다.

다시 차를 타고 비바 호텔로 돌아온다.

오늘 하루 차갑고 깨끗한 공기 속에서 운동 한 번 잘 했다.

저녁은 버스를 타고 한식집 경복궁으로 간다.

버스비는 8솜(약 130원)이다.

여기에선 시내버스를 잘 타고 잘 돌아 다닌다.

저녁은 돼지갈비 450솜(약 7,400원), 김치찌개 350솜(약 5,800원), 막걸리 200솜(약 3,300원), 총 1,000솜(약 16,500원)으로 둘이서 잘 먹는다. 반찬도 시금치, 콩나물 무침 등에 젓갈도 나오고 정말 배부르게 잘 먹었다.

경복궁에서 나와 마슈르카를 타고 비바로 돌아오니 9시 반이다.

26. 한 치 앞을 내다볼 수 없는 게 우리 인생

2018년 10월 21일(일)

오늘은 그냥 쉬는 날이다.

딱히 갈 데도 없고 딩굴딩굴 하다가, 점심때 쯤 나가 무조건 버스를 타고 종점까지 가면서 주변을 구경하다 맛집 찾아 점심 먹고 저녁 먹고 돌아오는 일정이다.

이른 바 가장 경제적인 차창관광이 오늘의 계획이다.

그런데 10시쯤 갑자기 이 선생에게서 전화가 왔다. 지금 오쉬 가고 있다고.

엥? 이게 뭔 소리여?

카자흐스탄 남쪽의 설산들

카자흐스탄 남쪽의 설산들

버스터미널 갔다가 오쉬 가는 버스에 두 자리가 남았다 하여 급히 오쉬 행을 결정했다고 한다.

그럼 우리는?

배신감을 느끼는 순간이다.

아무리 그래도 그렇지, 말은 하고 가야 할 것 아닌가?

우린 이제 우리대로 움직여야 한다.

여기 있어봐야 특별히 갈 데도 없다.

급히 체크아웃하고 알마티로 향한다. 아무래도 알마티가 돌아다닐 곳이 더 많을 것 같아서다.

일단 알마티의 LES 호텔에 오늘부터 3일치 예약을 한다.

비바 호텔 매니저인 아디가 정말 고맙다.

비슈케크-알마티

키르기스스탄-카자흐스탄 국경

택시를 불러주면서 버스터미널까지 80솜(약 1,400원)을 주라고 한다.

터미널에서 내리자마자 알마티 가는 택시기사가 우릴 붙잡는다. 1200솜(약 20,000원)에 사이란 터미널까지 데려다 주는 것으로 흥정을 하고 택시를 탄다.

택시에는 오스카라는 호주 젊은이가 타고 있다. 셋이서 알마티까지 가는 것이다.

12시에 알마티로 출발한다.

1시 반에 국경을 통과한다.

화장실에 들려 50텡게(약 1,150원)를 시주한다.

알마티로 가는 길은 크게 볼 것은 없다. 오른 편의 설산들 빼고!

26. 한 치 앞을 내다볼 수 없는 게 우리 인생

알마티 시내로 들어오는 길목은 기대를 저버리지 않고 역시 정체된
다. 4시 반 쯤 사이란 버스터미널에 도착한다.

오늘 일정을 생각하면 그야말로 번갯불에 콩 볶아 먹는 것처럼 일정
이 바뀌었다. 경제적인 차창관광이었던 계획이 이 선생 부부는 오쉬(Osh)
로 가고, 우린 다시 알마티로 왔으니…….

어찌 보면 한치 앞을 내다볼 수 없는 게 우리 인생 아닌가!

버스를 기다리다 아바이 전철역으로 간다는 어떤 젊은이의 말을 듣
고 버스를 탔는데, 이 젊은이가 얼마 안 가 내리시라 한다.

그리고는 전철역으로 데려다 준다. 친절하기도 해라!

자기 생각엔 전철을 갈아타는 것이 아바이 전철역으로 가는 제일 좋
은 방법이라 생각한 것이다.

카자흐스탄 알마티 시내로 들어서는 길

카자흐스탄 알마티 시내

버스만 타는 게 훨씬 좋은데……. 그러면 갈아타지 않아도 되고, 아바이 전철역 가기 전의 정류장에 내려서 걸으면 LES호스텔에 훨씬 더 가깝게 갈 수 있었을 건데…….

19번 트롤리 버스만 탔으면 아주 편하게 갈 수 있었을 텐데, 돈은 돈대로 들고, 짐을 들고 계단 오르내리고, 더 많이 걷고, 더 힘들게 LES 호텔에 왔다.

이 젊은이가 잘못 가르쳐준 덕택이다. 그렇지만 그 친절이 고맙긴 하다.

우리 전용시당으로 지정해 놓은 좋은 식당인 네넬카로 가서 버섯수프와, 닭가슴살 요리인 몬로라는 음식과 와인 한 잔을 시킨다.

역시 맛있다. 모두 3,850텡게 들었다. 약 12,000원 정도로 두 사람이 잘 먹은 것이다.

그리고는 호텔로 돌아와 눕는다.

이 호텔은 깨끗하고 모든 시설이 너무너무 편리하게 잘 만들어 놓은 것이어서 예약을 한 것이다.

방으로 안내해주는 걸 보니 알마티를 떠나 비슈케크로 가기 전 묵었던 방이다.

그런데, 방에서 이상한 기름 찌든 냄새가 난다.

프런트로 가 냄새가 난다고 방을 바꾸어 달라 했더니, 들어와 보고는 환풍기를 틀고 향수를 뿌리고 그런다.

말을 들은즉. 방이 없으니, 내일 바꾸어 드리겠다는 거다.

어쩔 수 없다.

나중에 알고 보니 아마도 누군가 이 방에 묵으며 담배를 핀 모양이다. 금연실인데 말이다.

방이 없다는 데 어찌하나? 그냥 참아야지.

누워서 오늘 일을 정리하면서 이 선생 부부를 걱정한다.

아까는 배신감 느꼈지만, 천성이 착해서 금방 잊어버리고 이들을 걱정하는 것이다.

이 선생과 초롱 씨는 오쉬에 잘 갔을까? 너무 고생한 건 아닐까?

조지아로 가기 위해 알마티에는 제대로 올 수 있을까? 비행기도 표가 없다는데…….

이런저런 걱정이 든다.

27. 입장료만 내버린 셈

2018년 10월 22일(월)

10시 호텔에서 나와 아바이 관광안내소로 간다. 시내 구경을 어디로 갈까에 대한 정보를 얻기 위해서다.

일단 돈을 바꾸어야 한다. 아바이역 부근의 은행으로 갔으나 키르기스스탄 돈은 안 바꿔 준다. 달러, 루블만 취급을 한다고 한다.

다른 은행에 들렸으나 마찬가지이다.

지도에서 환전소를 찾아 물어물어 갔으나 역시 대답은 "노!"이다.

결국 묻고 물어 알아낸 것이 림뽀뽀 환전소(Limpopo Exchange)라는 사설 환전소이다.

알마티 아동 궁전

알마티 부타코브카

택시를 타고 림뽀뽀 환전소로 간다. 여기선 키르기스스탄 돈도 바꾸어 준다.

여하튼 키르기스스탄에서 쓰다 남은 돈 바꾸느라 많이도 걸었다.

이제 지난 번 버스에서 눈여겨 봐두었던 이 환전소 맞은편의 특이한 건물로 가 본다.

이 건물은 금색으로 빛나는 커다란 돔 모양의 지붕에 푸른 깃발이 펄럭이는 건물인데, 어디에 쓰이는 건물인가 궁금했기 때문이다.

건물 안으로 들어가려 하자, 못 들어가게 한다.

물어봐도 말이 통해야지~. 그 건물에서 아이들과 같이 나오는 사람을 보고 물어봐도 마찬가지이다.

건물 문 위에 있는 글에는 알마티 OOOOO 사라이라고 적혀 있는

카자흐스탄 부타코브카

데, 정작 가운데 글자가 무엇을 뜻하는지 모르니 소용없다.

나중에 지도를 보니 아동궁전(Children's Republic Palace)이다 이곳에선 태권도 시합도 열리고, 아이들의 미술 작품등도 전시한다.

그런데 왜 못 들어가게 하누?

무슨 이유가 있겠지.

12시 20분 29번 버스를 타고 종점까지 간다. 버스비는 150텡게(약 450원)이다.

부타코브카(Butakovka)라는 곳인데, 여기에 폭포가 있다는 말을 들었기 때문이다.

돌아가는 버스는 45분마다 온다고 한다.

부타코브카 유르트

27. 입장료만 내버린 셈

부타코브카 유르트 천정

산길을 따라 올라가다가 지도에 있는 식당을 찾는다. 금강산도 식후경이니, 일단 점심을 먹어야 한다.

개울을 건너 쿠미스 부타코브카(Kumys Butakovka)라는 식당으로 들어간다.

저쪽 편에는 유르트가 한 채 놓여 있다.

유르트로 가 그 내부를 구경한다. 붉은색 카펫이 깔려 있고, 식탁 세 개가 ㄷ자 모양으로 놓여 있고 방석이 있다.

밖에서 보기보다는 훨씬 아늑하고 정갈한 느낌이 난다.

생선과 감자튀김을 시킨다. 모두 1,500텡게(4,500원 정도)이다.

우리가 앉은 식탁 옆으로는 가축들로부터 짜낸 각종 젖들과 그것들을 가지고 만든 치즈 따위가 놓여 있다.

카자흐스탄 부타코브카

부타코브카 유르트 내부

부타코브카 별장들

27. 입장료만 내버린 셈

우리가 관심을 보이자 시골이라서 그런지 인심도 좋다. 러시아 빵도 주고, 낙타젖, 말젖, 야크젖, 우유 등을 맛보라고 한 대접씩 준다. 이게 다 파는 것일 텐데······.

처음 먹어보는 게 돼서 그런지 시금털털하고 별로 입맛에 맞지 않아 한 모금씩만 맛보고 돌려준다.

부타코브카 마을에서는 산이 잘 안 보인다.

산을 보기 위해 걷는다.

오른쪽으로는 별장지대인지 고급 집들이 그 담을 자랑한다. 왼쪽으로는 개울 너머로 말들이 한가로이 따사로운 볕을 즐기고 있다.

걷다 보니 돈 받는 곳이 나온다. 여기도 국립공원이라고 입장료를 받는다. 일인당 441.5텡게(약 1,350원)란다.

부타코브카: 말들

카자흐스탄 부타코브카

부타코브카: 산

주내는 뒤떨어져 천천히 오다가 차를 얻어 타고 입장료 내는 곳에서 내린다.

1,000텡게(약 3,000원)를 내니 잔돈이 없다며 돌아갈 때 준다고 한다.

일단 주내가 타고 온 차를 나도 얻어 타고 한참 오른다.

응달진 곳에는 얼음이 얼어 차가 미끄러지기도 하며, 얼마 안 가니 주차장이 나오고 레스토랑이 나오는 곳에 차가 선다.

여기는 식당과 함께 말도 타고 놀이터도 있는 리조트 시설이 되어 있는 곳이다.

차를 몰고 온 젊은이는 여기에 볼일이 있어 온 것이다.

안에서 사람이 나와 물어보니 폭포는 아직도 3km 남았다면서 폭포에 가려면 말을 타고 가야 한다고 한다.

말은 30분 타는 데 7,000솜(약 21,000원)이란다.

3km를 갔다 오려면, 적어도 1시간은 걸릴 텐데, 둘이면, 28,000솜
이다. 약 84,000원이다. 깎아준다 해도 7~8만원이 든다.

이렇게 돈을 들여 폭포를 꼭 봐야 하나?

되돌아가기로 결정한다.

다시 그 차를 얻어 타고 되돌아간다. 괜히 입장료만 내버린 셈이다.

29번 버스 종점에서 마침 출발하려는 버스를 보고 얼른 내려 버스에
올라탄다. 그리곤 종점까지 가면서 거리 구경을 하지만 특별히 볼 만한
게 없다.

결국 종점에서 되돌아와 아바이 전철역에서 내려 전철을 타고 한 정

알마티: 오페라극장

카자흐스탄 부타코브카

거장 떨어진 아말리 역으로 간다.

역에서 알마티 호텔을 지나다 보면 맞은편으로는 현재 칼멘을 공연하고 있는 오페라 극장이 보인다.

알마티 호텔에서 조금 더 가면 고급 아파트가 있고 그 1층에 코리안 하우스라는 한식당이 있다.

가보니 아주 고급으로 꾸며 놓은 집이다.

비싸기는 한데, 주변을 둘러보니 전부 현지인들이다. 아마도 잘사는 현지인들이 주로 이용하는 식당인 듯하다.

한국 사람은 하나도 못 보고, 꼬리곰탕 1,500텡게(약 4,500원) 김치말이 국수 1,900텡게(약 5,700원), 브랜디 900텡게(약 2,700원)로 저녁을 먹는다.

알마티: 한식당 코리안 하우스

27. 입장료만 내버린 셈

알마티: 한식당 코리안 하우스

메뉴를 보니, 생선회가 8,000텡게인데 괜찮을 듯하다. 여기선 아주 비싼 편이지만, 한국 돈으론 24,000원 정도이니 비싼 것도 아니다. 요건 내일 먹어보자.

알마티에 오시면 한 번쯤 가보실 만하다.

다시 전철 타고 LES 호텔로 돌아간다.

방에서 담배 냄새인지 비릿한 기름 냄새인지가 아직도 가시지 않아 역시 메스껍다.

똑같은 방은 없고 일인실이 비어 있다 하여 좁긴 하지만 일인실로 옮긴다.

살 거 같다.

28. 알마티 맛집

2018년 10월 23일(화)

아침 일찍 나온다.

아바이역 근처의 관광안내소에서 가고 싶은 곳 버스 번호를 물어본다. 대통령공원 121번, 식물원 11번, 천문대 5번, 메데우 12번.

메데우

알마티 버스 라인 앱을 하나 깔고, 메데우 가는 버스를 찾아 가까운 정류장을 찾아간다.

버스를 타고 메데우(Medeu)에 내린다.

아직도 케이블카는 운행을 하지 않는다.

아이스링크가 있는 운동장은 개장을 하여 스케이팅이 한창이다.

저쪽 멀리 보이

메데우

는 산이나 사진에 넣고자 힘든 여정을 시작한다.

가파른 계단이 엄청 높다.

오르다보니 까마귀도 보이고, 전선줄에 앉아 있는 하얀 새들도 보인다. 저 흰 새들은 무슨 새인가?

옆으로 난 차도로 빙글빙글 돌고 돌아 올라가 보니 이 도로는 쉼불락 가는 도로이다.

저 운동장 밑에서는 저 위에 올라가면 무엇이 있을까? 궁금했는데, 올라와 보니 지난 번 쉼불락(Shimbulak) 오갈 때 마슈르카 타고 지나간 길이다.

마슈르카 안에서는 어떤 길로 어찌 가는지를 몰랐기 때문에 밑에서 본 이 경치가 그 경치인지를 알지 못했던 거다.

카자흐스탄 알마티

메데우

이와 같이 사물이나 현상을 봐도 갇혀서 보면, 갇힌 상태에서 단편적인 것만 보일 뿐 제대로 파악을 못하는 법이다.

지금은 말라 있지만 이 도로는 댐 구실을 하는 모양이다.

물 깊이를 재는 망루 비슷한 건물 가까이까지 걷다가 설산을 사진기에 넣고 돌아온다.

다시 돌아 나와 밑으로 내려온다.

주내는 허벅지에 무리가 가지 않도록 밑에서 기다리고 있다.

이제 버스를 타고는 식물원 가는 버스를 앱에서 찾아본다. 버스 라인 앱은 갈아타는 정류장을 보여준다.

무사히 식물원 앞에 도착했으나 일단 점심을 먹어야한다.

구글 지도에서 카페라고 치니 이 정류장에서 200미터 정도 가면 평점 4.6의 말리나 믹스 카페(Malina Mix Cafe)가 있다.

들어가니 자리가 없다.

"한 5 분 내지 10분 기다려야 합니다."

"오케이."

그러자 한쪽 소파에 앉아 기다리란다.

소파에 앉으니 주스를 한 잔씩 가져다준다.

주스를 거의 다 마시고, 메뉴를 달라고 하여 공부를 한다.

이런 때 우린 공부를 열심히 한다. 글은 모르겠고 그림만 보는 공부인데도 침이 꼴깍 넘어간다.

음식들이 너무 맛있어 보인다.

잠시 후 자리를

메데우: 댐

카자흐스탄 알마티

식물원 앞: 말리나믹스 카페

안내받아 주문할 음식에 대해 물어본다.

　　종업원 아가씨가 여간 싹싹한 게 아니다. 영어로 하나하나 설명해준다. 점심 스페셜이 1,800텡게인데, 밥, 닭 가슴살 튀김, 수프, 와인 한 잔이 곁들여진다.

　　난 똠얌이라는 해물탕(3,200텡게)을 시키려다가 양이 많을 듯하여 일단 점심 스페셜 하나만 시키고 맥주 한 잔을 시킨다.

　　이 이외에도 서비스로 빵과, 팥으로 만든 경단 같은 거 네 개가 담긴 접시를 가져온다.

　　한 알씩 맛을 본다.

　　제일 먼저 가져다주는 것이 와인과 맥주다.

　　오랜만에 마시는 맥주가 쌉소롬하니 맛이 있다.

28. 알마티 맛집

갑자기 맥주를 좋아하는 이원명 선생이 생각난다.

점심 스페셜은 금방 나온다.

먼저 채소와 감자 으깬 튀김 네 조각이 나온다. 맥주 안주로 딱이다.

그리곤 수프가 이어져 나온다.

수프는 라면과 버섯이 들어간 것인데, 이것만 먹어도 될 듯하다.

맛있다.

잠시 후 메인 요리인 닭 가슴살 튀김이 나온다.

평점이 좋은 이유가 있다.

정말 맛있다. 강추!

둘이 먹어도 배가 부르다.

뜸냥 시켰으면 큰일 날 뻔했다.

식물원 앞: 말리나믹스 카페

카자흐스탄 알마티

서비스 차지 포함 모두 3,080텡게이다. 약 만 원이 안 되는 돈이다.
정말 싸고, 서비스 좋고, 맛있는 집이다.

알마티 방문하시는 분들은 이 말리나 믹스 카페만큼은 꼭 들리셔서
식사를 한 번 하시라고 강력하게 권한다.

식물원

이제 식물원으로 들어간다. 일인당 240텡게(약 750원)인데, "경로우대"를 외치니까-사실은 그냥 조용히 65세 이상이라고만 말했을 뿐이다-200텡게(약 600원)란다.

그런데 별 볼일 없다.

그냥 데이트하는 사람들이 샌드위치 사 가지고 놀러오는 데다.

일본 정원을 보라는데, 가 보니 가을이라 그런가

별로 볼 게 없다.
온실로 가 보았으
나 역시 별로다.

단지 쪽 뻗은
나무들의 노란 단
풍 외엔 볼 만한
게 없다.

돈 내고 들어오
는 게 아깝지 않을
까?

돈이야 뭐 1,000
원도 안 되는 돈이
지만, 그만큼 볼
만한 게 없다는 거
다.

그래도 여기 오
려 했으니 점심을
맛있는 식당에서
먹은 거 아닌가!

식물원

카자흐스탄 알마티

29. 야가 갸여?

2018년 10월 23일(화)

다시 앱을 열어 식물원 앞에서 32번 버스를 타고 대통령공원으로 향한다.

대통령공원(First President Park)은 초대 대통령이 만들었다는데 분수며 조형물이며 모두가 으리으리하다.

또한 가꾸어 놓은 정원과 수목들의 단풍이 너무 좋다.

입구는 커다란 44개의 돌기둥이 받치고 있는 반월형 건축물인데, 한 가운데에 문이 있다.

들어가기 전 광장에는 분수가 있어 물을 내뿜고 주변엔 정원이 조성

대통령공원

대통령공원 뒤 설산

되어 있고 쉴 수 있는 의자도 있다.

입구로 들어서게 되면, 일단 거대한 분수광장을 만나게 된다.

가운데에 둥그렇게 커다란 분수가 겹겹이 5단으로 놓여 있고, 양쪽 가장자리로는 계단이 있다.

여름철에는 분수가 나온다는데, 지금은 나오지 않는다. 이 분수가 물을 뿜으면 참 아름다울 것이라는 생각이 든다.

그러나 그보다는 공원 뒤로 이어져 있는 높은 설산들이 너무 멋지다.

그렇지만 돈은 안 받는다.

돈 받으면 욕먹지! 초대 대통령이 폼 잡으려고 만든 건데 욕먹는 짓을 하면 되겠는가!

오른쪽 분수 계단을 걸어 올라가니 초대 대통령이 앉아 있는 동상이

카자흐스탄 알마티 대통령공원

대통령공원: 대통령 동상

보인다.

옆에는 순경이 있는 경비실도 있다.

"야가 갸여?"

"응. 야가 갸여."

경비실 순경이 우리말을 알아들었으면 기겁을 할 일이다. 아마 불경
죄로 감옥에 앉아 있어야 할지도 모른다.

경비실 순경이 우리말을 모르는 것이 얼마나 다행인가!

다시 주~욱 뻗은 길을 따라 걷는다. 참 많이도 걷는다.

넓기도 넓다,

이 대통령 동상을 뒤로 하고 걷다보면 잘 가꾸어놓은 수목들을 만나
게 된다. 아까 가본 식물원보다 훨씬 낫다.

29. 야가 갸여?

가끔 물을 주거나 청소하는 사람들도 눈에 띈다.

시민들에게 안식처를 주고, 저들에게는 일자리를 창출해주는 이런 훌륭한 공원을 만들다니, 이 나라 초대 대통령은 정말 훌륭한 인물이다.

이명박 씨도 다스 기지고 옥살이 하지 말고, 돈 들여 이런 공원이나 지어서 서울 시민들에게 헌납했으면 좀 좋아?

돈 욕심만 냈지, 쓸 줄을 모르니 욕보는 거다.

대통령이나 했으면서 돈 욕심! 땡전 한 푼 없다 해도 죽을 때까지 대우받고 살 수 있을 텐데…….

쓰잘데없는 욕심은 금물이다.

허긴 우리야 욕심낼 처지도 아니닝께, 그저 하나님께 감사하며 살아야 한다.

대통령공원: 나무

카자흐스탄 알마티 대통령공원

이런 생각을 하면서 "이 나라 초대 대통령은 참 훌륭한 분이다."라고 중얼거리면서 대통령궁을 거닌다.

헌데, 나중에 알고 보니 그 초대 대통령이 아직까지 28년 동안 장기 집권하고 있단다.

에이~!

훌륭한 분이라는 말은 취소다.

어찌되었든 이 공원에서 헤매다보면, 아름다운 나무들, 특히 잎은 떨어졌어도 기품을 잃지 않는 노란 단풍으로 치장한 나무들, 지금은 대부분 시들거나 져버린 꽃들과 잔디, 그리고 그 너머 아름다운 설산을 만날 수 있다.

물론 가다보면, 석등과 멋대가리 없는 뻘건 색 기둥에 푸른 지붕을

대통령공원: 단풍과 설산

29. 야가 가여?

대통령공원: 풀과 나무

인 정자로 꾸며놓은 일본식 정원도 있고, 카자흐스탄을 상징하는 듯한 말 동상과 유르트를 형상화한 정자도 있다.

이 앞의 불그스레 포근하게 물든 풀들과 그 뒤의 노란 단풍으로 물들어가는 나무들의 색깔이 너무 예쁘다.

여길 지나면 자그마한 동산에 역시 정자를 지어 놓았고 지그재그로 오르는 계단이 있다.

계단을 오르면, 여덟 개의 기둥이 받치고 있는 정자가 설산과 함께 나타난다.

여기에서는 대통령 공원을 조망할 수 있다.

더욱이 지금 시간이 훨씬 5시가 넘은 시간이어서 햇빛을 받은 나무들의 노란 단풍과 그 너머 설산들이 너무너무 아름답다.

카자흐스탄 알마티 대통령공원

대통령공원: 정자

이런 아름다운 경치를 볼 수 있다는 것에 감사한다.

지금이 가을이라 그런지 정말 아름답다.

여기 오지 않았으면 후회할 뻔 했다.

조금 있으면 해가 질 것이다.

이제 대통령공원을 나온다.

대통령공원에도 불이 들어온다.

들어가는 입구의 보라색 조명이 입구의 건축물을 아름답게 비추어준다.

공원 입구의 문을 나와 오른쪽에 있는 이 근처의 한식당을 찾아 간다.

〈이모네〉 식당과 〈명가〉라는 두 개의 한 식당이 이 부근에 있다.

29. 야가 갸여?

대통령공원: 단풍과 설산

대통령공원: 입구

카자흐스탄 알마티 대통령공원

러시아 정교회 건물을 지나는데, 달이 뜬다. 큰 보름달이다.

마침 내 전화기의 배터리가 다 되어 찍을 수가 없어 유감이다.

주내 전화기는 구글 지도 앱을 띄워 놓고 가까이에 있는 〈이모네〉 집을 찾아 걷는다.

지도상으로는 얼마 안 되는 거리이지만, 벌써 거리는 깜깜한 데다 지도상의 위치가 정확하지 않은지, 결국 지나가는 사람들의 도움을 받는다.

결국 〈이모네〉 집을 찾긴 했는데 이 동네 모두가 정전이다.

식당 문을 열고 들어가니 주인아주머니가 반갑게 맞으며, 깜깜한 식탁으로 안내한다.

식탁에 촛불을 켜 놓고, 음식을 시킨다.

곧, 불이 들어올 줄 알았더니만, 다 먹고 계산이 끝날 때까지 안 들어온다.

그래도 음식은 한국 음식이어서 맛있게 먹는다.

다시 버스 라인 앱을 열어 길 건너 버스를 타고 LES호텔로 돌아온다.

내가 생각해도 버스 타고 잘도 돌아다닌다!

29. 야가 가여?

30. 역시 물어보길 잘했다.

2018년 11월 24일(토)

아스타나에 도착한다.

아스타나 국제공항은 2017년 7월부터 이 나라 대통령 이름을 딴 누르술탄 나자르바예프 공항으로 이름이 바뀌었다고 한다.

이 나라의 28년 독재자 나자르바예프 씨는 자기 이름을 공항에도 붙여놓고 대학에도 부쳐 놓고 공원에도 붙여놓고, 자신을 신격화하는 데 정신이 없는 거 같다. 좀 심하다.

새벽 2시 29분, 전화기는 아직도 조지아 시간을 가리킨다. 아스타나 시간으론 4시 29분이다.

아스타나 국제공항

카자흐스탄 아스타나

수속을 끝내고 나와 공항 밖을 내다보니 흰 눈이 함빡 쌓여 있다.

택시 기사가 다가와 택시를 타라 성화다.

"젤소미노 호텔까지 얼마?"

"7,000텡게!"

가만 있자 7,000이면 2만 원이 넘는 돈 아닌가?

점잖게 고개를 흔들자, 5,000, 4,000으로 내려간다.

일찍 가봐야 얼리 체크인을 하려면 6,000을 더 주어야 한다. 호텔 예약 시 인터넷으로 물어보니 온 답변이다. 9,900텡게에 하룻밤 예약을 했는데, 6,000은 좀 심한 것 같다.

그렇다고 눈은 오는데, 어찌 하누? 밤새 비행기 타고 온 몸도 피곤하고!

아스타나 국제공항 주차장

30. 역시 물어보길 잘했다.

할 수 없다. 돈 좀 쓰자. 얼리 체크인 6,000에 택시비 4,000이면 하루 밤 방값이지만 …….

망설이고 있자니 나이가 든 할아버지 운전수가 젤소미노 호텔까지 10달러 내라 한다.

"텡게로는 얼마?"

"3,000텡게!"

3,000까지 내려갔구나!

망설이자 그 분은 다른 데로 가버린다.

그러더니 이제 또 다른 젊은이가 와 4,000에 가자 한다.

아니, 저 할아버지가 3,000에 간다 했는데.

주내가 2,500을 부른다.

결국 3,000에 이 젊은이 차를 타기로 결정한다.

공항 주차장으로 가는 동안 찬바람이 목을 움츠리게 한다.

이 젊은이는 눈이 쌓인 도로를 겁도 없이 거침없이 달린다.

새로 만든 도시라서 그런지 도로가 무척 넓고, 새로 짓는 건물들도 많고 이 나라의 수도답다.

호텔에 들어서서 얼리 체크인에 대해 다시 물어본다.

아가씨 이름이 이덴이라고 했던가, 참 싹싹하기도 하다. 9,900에 예약한 방은 얼리 체크인하면, 6,000을 더 내야 하지만, 이보다 훨씬 시설이 좋고 넓은 주니어 슈트는 10,000인데 얼리 체크인이 공짜란다.

원래 이 방의 방값은 부킹닷컴 예약 시 블랙 프라이데이 세일 가격이 11,000이지만, 현금 가격으로 10,000에 해 주겠단다.

역시 물어보길 잘했다.

카자흐스탄 아스타나

젤소미노 부티크 호텔 주차장

일주일 정도 머물 예정이니, 9,000에 하자고 하다가, 부킹닷컴에 예약을 해놓은 상태라서 오늘은 9,900을 다 주고, 내일부터는 9,000에 묵기로 협상이 되었다.

물론 주니어 슈트로 들어갔으니 오늘 얼리 체크인은 공짜이다.

안내해주는 방으로 들어서니 와 엄청 크다. 시설도 훌륭하고, 흠잡을 데 없이 우리 돈 3만 원 정도에 좋은 방을 얻은 셈이다.

아침은 8시부터 11시까지란다.

"아침도 줘?"

"예스."

짐을 들여놓고 일단 잔다.

일어나 보니 시간은 8시이다.

30. 역시 물어보길 잘했다.

샤워를 하고 전화기의 뉴스를 보다 보니 10시 40분이다.

금세 2시간이 흘렀나?

아니다. 트빌리시 시간이 여기 시간으로 바뀐 것이다.

굶지 않으려면 11시가 되기 전에 빨리 아침 겸 점심을 먹어야 한다.

늦은 아침을 먹으니 또 졸립다.

다시 잔다.

밖에 나가야 하는 데 눈은 계속 내리고 몸은 피곤하고, 나이는 못 속이는 거다.

자다 일어나보니 오후 3시다.

이제 슬슬 나가서 돈도 바꾸고 한국음식점을 찾아가야 한다. 그 동안 못 먹었던 우리 음식을 다시 맛봐야 한다. 한국인의 의무다.

요건 주내와 의견이 일치한다.

지도를 보고 호텔에서 가까운 환전소

젤소미노 부티크 호텔

와 환전소 가까운 한국음식점을 찾는다.

환전소에서 돈을 바꾼 후, 한국음식점을 찾는다. 어느 음식점인지 이름은 기억이 나지 않는다.

저녁을 먹고 호텔로 돌아오는 길, 눈바람이 너무 차다. 귀를 가리는 모자를 썼음에도 귀가 떨어져 나갈 듯하다.

바람만 안 불면 괜찮은데…….

호텔 매니저 알리셔에게 버스 카드 두 개를 사서 1,000텅게씩 충전해 주기를 부탁했다.

참고로 여기에서 돌아다닐 때에도 버스 카드가 있으면 무척 편리하다.

30. 역시 물어보길 잘했다.

31. 좋아하는 일을 해야 한다.

2018년 11월 25일(일)

아침 식사를 하러 나오니 매니저인 알리셔가 출근하면서 교통카드 두 개를 내민다.

참 친절하다.

11시까지 빈둥대다 방을 바꾸고 호텔을 나선다.

방을 바꾼 이유는 주니어 슈트가 방은 큰데, 오늘 예약이 되는 바람에 더 좋은 프레지덴셜 룸으로 옮겨주겠단다.

짐을 옮기는 건 귀찮은 일이지만, 옮긴 방은 정말 좋다. 화장실도 두 개고, 침실 옆의 화장실은 욕조에 물 마사지를 할 수 있는 시설도 되어 있고.

칸 샤티르 쇼핑몰

카자흐스탄 아스타나

아스타나 오페라 극장

내 원 참, 내가 프레지덴셜 룸에서 자 보다니!

돈은 오늘부터는 어제 얘기한 대로 9,000텡게 주기로 했으니, 이런 횡재가 있나 싶다.

밖으로 나와 70번 버스를 타고 점찍어 놓은 쇼핑몰로 간다.

이 쇼핑몰을 점찍은 이유는 굳이 물건을 안 사더라도 아 쇼핑몰 건물이 너무나 특이하기 때문에 한 번 꼭 가보고 싶은 곳이었기 때문이다.

물론 이곳 아스타나의 날씨가 너무 매서워 두툼한 잠바나 외투를 사서 입어야한다고 주내가 고집을 피운 이유도 있지만. 이건 부차적인 목적이다.

문제는 버스를 타고 가서 내리는 것까지는 좋았는데, 버스정류장에서부터 쇼핑몰까지 가는 길이 문제다.

거리가 멀어서가 아니다. 분명히 그렇게 먼 거리는 아닌데, 바람이

31. 좋아하는 일을 해야 한다.

휘몰아치면 손끝이 얼얼하고 귀가 떨어져 나갈듯 하다.

눈보라 속에서 보이는 현대식 건물들은 뿌옇지만 그런대로 멋있다. 그리고 저쪽 편에 큰 천막을 비뚤게 친 듯한 쇼핑몰이 보인다.

몇 번을 눈보라를 피해 건물 뒤에 숨었다가 나오면서 묵중한 아스타나 오페라 건물을 지나 쇼핑몰 칸 샤티르(K h a n Shatyr)로 들어선다.

버스 정류장에서 여기까지 오는 동안 정말 추웠다. 바람을 맞는 볼이 떨어져 나갈 듯하다. 기온은 영하 14도인데, 바람이 얼마나 센지 체감 온도는 영하 26도이다.

건물 입구를 찾아 눈길을 살살 걸어 입구로 들어서니 이제는 입은 옷

칸 샤티르 쇼핑몰 내부

카자흐스탄 아스타나

이 덥다. 땀이 줄줄 흐른다.

이 건물은 밖에서 보면 비뚤어진 천막처럼 생겼는데 꽤 넓다. 그 안한가운데는 천정까지 공간이 뚫려 있고 이 공간을 둘러싸고 층층이 가게들이 들어서 있다.

천정까지의 공간과 5층의 공간 벽을 빙 둘러 놀이시설이 되어 있다.

이런 거 구경하는 것도 좋지만, 일단 밥부터 먹자. 벌써 1시 반이 넘었으니 먹는 게 우선이다.

살펴보니 이 건물 4층이 식당가다. 김밥도 팔고, 햄버거도 팔고 켄터키 할아버지도 있다.

엘리베이터를 잘못 타 5층으로 올라가니 어린이들이 좋아할만한 아이들 크기의 인형들을 모아 놓은 곳이 눈에 띈다. 아이들은 그 사이에 서서 사진을 찍는다.

칸 샤티르 쇼핑몰 5층

31. 좋아하는 일을 해야 한다.

연인들의 공원 : 건물과 바이테렉 탑

다시 4층으로 내려와 국수와 볶음밥 등으로 점심을 때운다. 그냥 간식 정도이지, 잘 먹은 건 아니다.

그리곤 이 가게 저 가게를 들여다보다가 1,890텡게, 우리 돈 6,000원 정도에 고급 목도리를 하나 산다.

한참 시간을 보내다 밖으로 나오니 맞은편 길 건너 연인들의 공원(Lovers Park)에 있는 큰 건물이 볼만하다.

이 건물 가운데가 뚫려 있고, 그 너머로 바이테렉 탑(Baiterek Tower)이 보인다.

53번 버스를 타고, 이제 또 다른 몰 메가 실크웨이(Mega Silkway)로 간다.

실크웨이 쇼핑몰이 훨씬 크고, 물건도 더 많고, 더 싸다는 말을 들었기 때문이다.

카자흐스탄 아스타나

나자르바예프 대학교

전화기 구글 앱을 켜고 지도를 보니, 실크웨이 쇼핑몰 근처에 한국 식당 코리안 하우스(Korean House)도 있으니 금상첨화다.

실크웨이 쇼핑몰에 가서 오리털 잠바를 사고 거기서 저녁을 먹으면 되겠다 싶다.

버스 밖은 모두 건설 중인 새로운 건물들이다. 어느 정도 자리가 잡히려면 10년은 걸릴 것이다.

버스에서 내리니 코앞에 이 나라 대통령 이름을 딴 나자르바예프 대학교(Nazarbayev University) 건물이 있다.

길을 건너 그 맞은편이 쇼핑몰 실크웨이이다. 이 쇼핑몰은 더 크고 화려하다.

난 원래부터 쇼핑몰이나 백화점 돌아다니는 것을 싫어한다. 관심이 없다보니 쇼핑 소리만 들어도 괜히 숨이 턱 막히고 갑자기 다리가 아프

31. 좋아하는 일을 해야 한다.

기 때문이다.

경치 좋은 곳에선 잘만 돌아다니드만!

사람은 자기가 좋아하는 일을 할 땐 덜 피곤하다. 그렇지만 관심이 없는 일을 하게 되면 금방 피곤해지는 것이다.

그러니 좋아하는 일을 해야 한다.

여기 온 목적은 아스타나의 추위에 대비하기 위해 내 옷을 사려 함이지만, 난 관심이 전혀 없고 주내만 관심이 많다.

난 쇼핑몰 가운데에 설치해 놓은 의자에 앉아 있고 주내가 돌아보기로 했다. 일단 주내가 보고 와 맘에 들면 내가 가서 보기로 하고.

난 앉아서 전화기 지도를 보면서 이 부근의 지리를 연구한다. 분명 한국 식당 코리안 히우스(Korean House)가 여기 어디 있을 텐데…….

일층, 이층을 휘 돌아본 주내가 돌아와 하는 말이 맘에 드는 옷이

실크웨이 쇼핑몰

카자흐스탄 아스타나

없다고 한다.

휴, 잘 되었다. 밥이나 먹자.

시간은 벌써 5시가 넘었다.

점심을 시원찮게 먹었기에 저녁은 이르지만 좀 맛있게 먹어야 되겠다 싶어 코리안 하우스를 찾아 들어간다.

코리안 하우스는 이 쇼핑몰 저쪽 거의 끝에 있다. 쇼핑몰 바깥에 있는 줄 알았더니 그게 아니다. 밖으로 나가지 않으니 오히려 춥지 않고 다행이다.

코리안 하우스에서 조금 비싸긴 하지만 맛있게 먹고 밖으로 나온다.

반대편으로 나가는 문 밖에 지구 공 같은 건물이 멀

아스타나 엑스포 2017 건물

31. 좋아하는 일을 해야 한다.

아스타나 엑스포 2017: 조형물

리 눈에 띈다.

저건 뭐여?

건물을 향해 걸어가며 사진을 찍는다. 조명에 따라 지구공의 색깔이
계속 변화한다.

가보니 〈아스타나 엑스포 2017〉 건물이다.

그렇지만 지금은 시간이 늦어 문을 닫았다. 내일 낮에 와 봐야겠다.

이 지구공 같은 건물 바깥에는 많은 조각과 설치물들이 있다.

이들 역시 조명을 받아 아름답고 신기하다.

다시 쇼핑몰로 되돌아와 아까 갔던 칸 샤티르 쇼핑몰로 다시 간다.

실크웨이 쇼핑몰이 더 싸고 좋다고 하여 와 본 것이지만, 칸 샤티르
쇼핑몰에서 아까 보아두었던 겉옷을 사야 한다는 주내의 강압에 못 이겨
서다.

카자흐스탄 아스타나

바이테렉 탑　　　　　　　　　　칸 샤티르 쇼핑몰

다시 버스를 타고 칸 샤티르 쇼핑몰로 가는 바람에 바이테렉 탑과 칸 샤키르 쇼핑몰의 야경을 찍는 부수입도 생겼다.

역시 마누라 말을 잘 들어야 혀!

결국 칸 샤티르에서 옷을 하나 사 들고 호텔로 돌아온다.

31. 좋아하는 일을 해야 한다.

32. 왜 비둘기가 130마리냐고?

2018년 11월 26일(월)

오늘 방을 또 바꾼다.

프레지덴셜 슈트가 예약이 되었기 때문에 원래 예약했던 방으로 가야 한다고 한다.

좋은 방에서 하룻밤 잤으나, 이제 제 자리로 돌아가는 거지만 조금 섭섭하긴 하다.

내가 이러니 청와대에서 쫓겨난 박근혜 심정은 오죽했을까?

그래도 다르다. 박 양은 잘못을 많이 해서 쫓겨난 거고, 우린 그냥 원래대로 돌아간 것뿐이니까.

12시에 이 호텔 3호실로 짐을 옮기고, 다시 버스를 탄다.

아즈렛 술탄 모스크

카자흐스탄 아스타나

버스는 2GIS 앱을 깔고 가는 곳을 지정하면, 버스 번호와 타는 곳, 그리고 걷는 시간을 포함하여 걸리는 시간이 나타난다.

편리하긴 하나, 우리가 모르는 글자로 지도가 표기되는 게 문제지만, 지도만 볼 줄 알면 큰 문제는 아니다.

평화와 화해의 궁전

이 앱은 와이파이가 없어도 가는 길을 표시해주고 현재 우리 위치도 표시해 주니 요것만 있으면 경비를 절약하면서 버스 타고 볼거리를 찾아다닐 수 있다.

오늘은 지도에 있는 피라미드 건물을 지도에 종착지로 표시해 놓고 버스를 타고 찾아가는 것이다.

버스에서 내리니, 역시 매서운 겨울바람이 우릴 맞는다.

32. 왜 비둘기가 130마리냐고?

버스 정류장 맞은편엔 엄청 큰 모스크가 있는데, 아즈렛 술탄 모스크다.

이 모스크는 이따 갈 때 보기로 하고 피리미드 건물을 향해 걸어가니 독립기념탑 맞은 편 입구에 평화와 화해의 궁전(Palace of Peace and Reconciliation)이라는 글자가 보인다.

이 건물은 피라미드 형태를 띠었기에 평화와 화합

평화와 화해의 궁전

의 피라미드(Pyramid of Peace and Accord)라고도 부른다.

이 건물은 영국의 유명한 건축가인 노먼 포스터(Norman Foster)가 설계한 것이고, 꼭대기에는 브라이언 클라크(Brian Clarke)의 작품으로 꾸며져 있는데, 총 87억 4천만 텡게, 약 5천 8백만 달러를 들여 2006

카자흐스탄 아스타나

년에 개관한 것이다.

이 궁전을 짓게 된 동기는 2003년 아스타나에서 개최된 21세기 세계종교지도자 회의에서 이 나라 대통령 나자르바예프 씨가 제안한 것이라 한다.

입장료 1,000텡게를 내고 들어가니 옷을 벗으란다.

웃옷을 받아 걸고는 예쁜 아가씨가 안내를 해준다.

피라미드 구조와 건립 괴정을 설명 해주고, 건물 내부를 안내하며 세세히 설명해준다.

피라미드 건물은 한 변이 62미터이고, 높이도 62m이며, 건설되는 데 들어가 철제는 5,000톤이고, 창에 새겨놓은 평화의 상징인 비둘기는 130마리 등등.

창문의 비둘기 무늬

32. 왜 비둘기가 130마리냐고?

창에 그려진 비둘기가 왜 130마리냐고?

이는 카자흐스칸에서 살고 있는 130개 국적의 사람들을 상징하기 때문이란다.

참 기가 막히게 만들어 놨다.

지하는 1,500석의 오페라 극장인데, 이 궁전의 개관식에서 세계적인 오페라 스타 몽세라 카바에(Monserrat Caballe: 스페인의 오페라 소프라노 가수)가 노래를 부른 곳이라 한다.

돌 위의 인물 무늬

이 극장 바깥 부분은 전시실로 사용되고 있다. 이것저것 둘러보다 보니 그냥 밋밋한 돌을 작품이라고 내어 놓은 곳이 있다.

이게 무슨 작품이냐?

그러지 안내해주던 아가씨가 돌 위에 수프레이를 뿌리기 시작하니 수염이 덥수룩한 인물 그림이 나타난다.

고것 참!

카자흐스탄 아스타나

이 극장 위로는 태양광이 피라미드의 창으로 들어오도록 설계되어 있고, 각 층은 전시실과 사무실로 쓰고 있다.

전시실에는 세계의 종교 지도자들과 정치인들이 서명한 서류와 사진들이 있지만, 반기문 유엔사무총장의 연설문과 사진, 그리고 한인들의 이주 75주년 감사기념비(1987-2012)가 우리의 눈길을 끈다. 아무래도 피는 못 속이는 모양이다.

엘리베이터는 사선으로 올라가도록 되어 있다. 이런 피라미드 구조는 라스베가스의 룩소르 호텔에서 처음 보았는데, 그때 저 꼭대기로 엘리베

| 한인 이주 75주년 감사기념비 | 전시물 |

32. 왜 비둘기가 130마리냐고?

겨울 정원

이터가 벽면을 타고 어찌 올라갈까 의아했던 기억이 난다.

정말 미스 카자흐스탄에 뽑힐 정도로 아름다운 아가씨의 안내를 받아 6층이던가 7층이던가 '겨울 정원'으로 간다.

'겨울 정원'이라는 곳은 빙 돌며 오르는 계단 옆으로 꽃들이 심어져 있다. 빙 돌며 오르는 계단 때문에 심어져 있는 꽃과 나무들이 7층에 있다고 해야 하는 건지 8층에 있다고 해야 하는 건지 잘 모르겠다.

여하튼 '겨울 정원'을 지나 올라가면 제일 꼭대기 층인데 원탁과 의자가 놓여 있는 회의실이다. 창밖으로는 대통령궁(Presidential Palace)과 독립기념탑(Monument Kazakh Eli)이 이 피리미드 건물을 증심으로 일직선상에 대칭으로 놓여 있다.

돈 1,000 텡게 내고 예쁜 전속 안내인까지 두고 참 호강이다.

이제 다시 밑으로 내려와 1, 2층에 전시된 이집트 전시물 등을 둘러

네페르티 반신상   이집트 전시물

본다.

　여기엔 이집트 최고 미인이라는 네페르티(Neferti) 왕비의 두상도 있
다.

　설명을 보니 이집트와 카자흐스탄의 우호관계를 증진시키기 위해 협
력과 우정의 상징으로 카이로에 있는 '이집트 고대 유물에 관한 최고회
의(Supreme Council of Antiquities of Egypt)'가 이 반신상을 '평화
와 화합의 피라미드'에 기증하였다고 쓰여 있다.

32. 왜 비둘기가 130마리냐고?

33. 중앙아시아에서 제일 큰 모스크

2018년 11월 26일(월)

두 시간 정도 투어를 끝내고 옷을 찾아 입으며 맛있는 식당을 물어 보니 입구에서 왼쪽으로 돌아가 길 건너 아파트 안에 식당이 있다고 한 다.

밖으로 나오니 쌀쌀하다.

눈길을 걸어 아파트 쪽으로 걸어가면서 눈길을 왼쪽으로 돌리면 대 통령궁과 그 너머 바이테렉 탑이 보인다.

저기는 내일이나 모레 가봐야 할 곳이다. 오늘은 이 부근을 돌아다 녀야 한다.

대통령궁과 바이테렉 탑

카자흐스탄 아스타나

하즈랏 술탄 모스크

한편 오른쪽으로는 점심 먹고 가 봐야 할 하즈랏 술탄 모스크가 푸른 하늘을 배경으로 환히 빛나고 있다.

길을 건너 아파트 안으로 가니 〈카카오 닥〉이라는 간판이 보인다. 예상치 않은 한국 식당이다.

식당으로 들어가니 한국 식품점이 있고 그 옆으로 더 들어가면 돈 받는 카운터가 나오고 2층으로 오르면 한국 식당이다.

마약김밥(1,400텡게: 약 4500원), 도가니탕(2,500텡게: 약 8,000원), 맥주 600텡게: 약 1,900원)를 시킨다.

마약김밥이라고 마약이 들어 있는 건 아니겠지?

그런데……

어이구, 나온 걸 보니 겨우 꼬마김밥 다섯 개다.

33. 중앙아시아에서 제일 큰 모스크

아이구, 한국보다 두 배나 비싸네! 한국에선 이런 건 500원 밖에 안 하는 걸.

요거 가지곤 양이 안 찰 리가 없다.

다시 통닭을 토막 내어 간장에 조린 거 세 쪽을 시킨다.

모두 6,000텡게(약 20,000원) 정도 들었다. 많이 먹지도 않았는데도 되게 비싼 셈이다.

이제 모스크로 간다.

하즈랏 술탄 모스크(Hazrat Sultan Mosque)는 중앙아시아에서 제일 큰 이슬람 사원이다. 5천에서 1만 명의 신자들이 들어갈 수 있는 크기의 사원이다.

이 사원은 2019년부터 3년에 걸쳐 1,500명 이

하즈랏 술탄 모스크: 천정

카자흐스탄 아스타나

하즈랏 술탄 모스크 내부

하즈랏 술탄 모스크 내부

33. 중앙아시아에서 제일 큰 모스크

상의 건축가가 참여하여 카자흐 전통 무늬로 장식된 고전적 이슬람 양식
으로 지은 것으로서 2012년 7월에 개관한 것이다.

　이 사원의 이름은 카자흐스탄 대통령 나자르바이예프 대통령이 제안
한 것으로서 '거룩한 술탄'이라는 뜻인데, 12세기 중앙아시아에서 잘 알
려진 시인이자 철
학자이자 무슬림
성자인 호자 아메
드 야사위(Khoja
Ahmed Yassawi)
를 추모하여 부친
이름이다. 참고로
이 분의 영묘는
카자흐스탄 남부
에 있는 투르키스
탄(Turkistan) 시
에 있다.

　28m 직경에
51m 높이의 중앙
돔은 8개의 조그
마한 돔으로 둘러
싸여 있으며,
77m 높이의 4개
미 나 레 트

하즈랏 술탄 모스크 내부

카자흐스탄 아스타나

하즈랏 술탄 모스크 내부   하즈랏 술탄 모스크 내부

(minaret)가 이 사원을 호위하고 있다.

모스크 안을 둘러본다.

여자와 남자는 들어가는 곳이 다르다. 여자는 머리에 수건을 뒤집어
쓰고 치마를 입어야 하기 때문이다.

내부로 들어가 보니, 우와! 곁에서 봐도 아름답지만 내부는 더 아름
답다. 아름답기만 한 게 아니라. 그 규모도 상당히 크다.

대단하다!

너무나도 정교하게 꾸며놓은 천정이며 벽의 무늬가 정말 화려하면서

33. 중앙아시아에서 제일 큰 모스크

도 겸손하고, 그러면서도 고급스럽다.

방도 여럿이다.

누군가는 엎드려 기도하고 있고 누군가는 앉아서 담소하고 있고, 또 누군가는 우리처럼 입을 벌리고 구경하고 있다.

1층에서 보는 것과 2층에서 보는 것은 그 맛이 다르다.

1, 2층 모스크 구경을 하고 나오는 길에 어떤 방문을 열고 보니 식당이다. 아주 정결하고 크고 깨끗한 고급 식당 분위기이다.

식당을 가로질러 나온다.

34. 투어는 밤에 하시라!

2018년 11월 26일(월)

이제 아까부터 궁금했던 독립기념탑 뒤에 있는 가운데가 푹 파인 파란색 유리로 지은 원통형 건물로 간다.

가보니 카자흐 국립 예술대학교(Kazakh National University of Arts)이다.

샤비트 예술 궁전(Shabyt Art Palace)이라고 부르는 이 대학 건물은 가운데가 움푹 파여져 있는 형태로 지은 것인데, 이 모양은 카자흐스탄의 전통악기를 본떠서 지은 것이라 한다.

이 특이한 건물에는 교수실, 강의실을 포함하여, 체육관, 2개의 콘서

카자흐 국립 예술대학교

카자흐 국립 예술대학교 내부

트 홀, 2개의 필름 스튜디오, 사진관, 무용실, 도서관, 4,500석의 다목적 홀, 700명이 들어갈 수 있는 식당 및 기자실 등이 있다.

이제 예술대학으로 간다.

들어가려 하니 못 들어가게 한다. 대학 건물인데 관광객은 못 들어간다는 거다.

내가 전직 대학교수고, 이 아름다운 건물이 대학 건물이라 하여 내부를 보고 싶다고 하자, 위의 허가를 받아야 한다며 전화를 건다.

전화 끝에 국제교류처 직원이 나와 안내를 한다.

가운데 건물은 연극, 무용, 연주를 할 수 있는 홀이고, 바깥 건물은 학생 식당과, 학생들의 미술 작품, 전통 악기 등을 전시해 놓은 곳이다.

이 이외에 각 과마다 사용하는 강의실, 연구실 등이 있고, 7층엔 총

카자흐 국립 예술대학교 건물 안

34. 투어는 밤에 하시라!

예술

장실과 부총장실 등이 있다고 한다.

학교 안내까지 받아 투어를 하고 나온다.

이제 독립 궁전(Palace of Independence: 독립기념관) 쪽으로 간다.

독립 궁전 역시 파란 색의 유리로 지어져 있다.

카자흐스탄 예술대학교와 독립 궁전 사이에는 영상이 비쳐지는 비행기 날개 같은 조형물이 있다. 해가 지며 여러 영상이 아름답게 나타난다.

밖은 이미 캄캄하다. 6시도 안 되었는데…….

독립 궁전에 들어서니 오늘은 월요일이라 투어가 안 된다고 한다. 그 옆의 국립 역사박물관도 마찬가지이다.

내일이나 모래 다시 와야 한다.

카자흐스탄 아스타나

카자흐스탄 독립 궁전

카자흐스탄 국립 역사 박물관

34. 투어는 밤에 하시라!

박물관 건물과 아까 갔던 피라미드 건물인 평화와 화해의 궁전, 그리고 독립 광장(Independence Aquare)의 독립기념탑(Monument Kazakh Eli)이 어둠 속에서도 너무 깨끗하다.

독립 광장에서는 군사 퍼레이드를 비롯하여 다양한 축제가 정기적으로 개최된다고 하며, 여기에 있는 독립기념탑은 카자흐 엘리(Kazakh Eli)라 부르는데, 이는 '카자흐인의 나라'라는 뜻이다.

높이는 91m로, 카자흐스탄이 독립 국가가 된 1991년을 상징한다.

이 기념탑은 카자흐스탄이 독립한 1991년을 상징하는 91m 높이의

평화와 화해의 궁전

카자흐스탄 독립 기념탑

카자흐스탄 아스타나

하즈랏 술탄 모스크

탑으로서 1,000텡게와 2,000텡게짜리 지폐에도 등장한다.

이 기념탑 꼭대기에는 거룩한 새 삼룩(Samruk)이 날개를 활짝 편 채 초승달 위에 황금빛으로 빛나고 있고, 그 밑의 황금빛 방패처럼 생긴 장식은 카자흐스탄의 발전과 번영에 대한 열망을 보여준다.

하즈랏 술탄 모스크에도 조명이 비치니 정말 아름답다. 낮에 본 건물도 좋지만 밤이 더 아름답다.

특히 하즈랏 술탄 모스크는 파란 하늘을 배경으로 마치 얼음으로 지은 듯 유리알처럼 빛난다.

투어는 밤에 하시라!

밤이 아니면 어찌 이리 아름다운 광경을 만끽할 수 있겠는가! 정말 너무 아름답다. 춥기는 하지만.

다시 버스를 타러 모스크 앞의 주차장으로 간다.

34. 투어는 밤에 하시라!

이 주차장은 다행히도 사방이 막혀 있고 히터도 틀어 놓아 버스를 떨지 않고 기다리기에 안성맞춤이다.

이제 버스를 타고 다시 호텔로 돌아간다.

한국식당 〈카카오닥〉 아래층 한국식품점에서 사온 라면으로 저녁을 대신한다.

35. 사람에 대한 믿음의 실종

2018년 11월 27일(화)

버스 카드가 고장이 났다.

어제 밤에 호텔 버스를 타고 돌아오는데, 내 카드는 카드 읽는 기계가 작동을 하는데, 주내 카드는 안 된다.

차장이 다가오더니 카드를 달래가지고 자기가 가지고 있는 카드 읽는 기계에 넣어본다. 그러더니,

"돈이 없어요!"라고 한다.

카드에 돈이 없다니, 없을 리가 있나? 내 카드랑 똑같이 돈을 넣었는데…….

"엊그제 이 카드와 내 카드를 사서 똑같이 1,000텡게를 넣었다네. 그런데 돈이 남아 있지 않다니 왜 그런고?"

영어로 지껄이는데, 대충 알아듣는 눈치이다.

차장은 그냥 씩 웃고는 "괜찮다."고 한다.

비록 버스 카드가 불량품이어서 돈이 증발했는지는 모르겠지만, 사실대로 이야기하니 믿어주는 것이 고맙다.

물건은 못 믿지만 사람은 믿는 것이다.

물건을 잘 만든다는 선진국에서는 물건을 믿지 사람을 믿지 못한다. 사람이 우선인데 말이다.

나아가 돈에 대한 믿음이 사람에 대한 믿음을 앞서는 것이다.

발전과 사람에 대한 믿음의 실종, 참으로 아이러니하지 않은가!

이 나라는 비록 우리보다 못 살지만, 사람을 믿는 미덕이 남아 있다.

믿어주니 고맙고, 푸근하다. 사람 사는 맛이 난다.

그렇지만 이 카드를 계속 사용해야 하니 어제 밤 호텔에 오자마자 카드회사에 전화를 했지만, 일과시간이 지났는지 안 받는다,

그래서 일단 600텡게씩 카드에 다시 충전시켜달라고 했다.

그리고 오늘 아침 카드 회사로 그 연유를 물어보기 위해 호텔 프런트

엑스포 전시관

에 전화를 해달라고 하는데, 계속 안 받는단다.

어제 넣은 돈은 있는지 체크해달라고 하니 호텔 매니저가 체크해본 후, 내 카드에는 550텡게가 남아 있고, 어제 600텡게 넣은 것이 기록에 남아 있는데, 주내 것은 어제 넣은 600텡게만 있다는 거다.

카자흐스탄 아스타나

엑스포 전시관 앞 콩그레스 센터

주내 버스 카드에 남아 있어야 할 550텡게가 증발해 버린 것이다.

카드회사에 가서 따져야겠으나, 관광객이 그렇게 할 일이 없냐? 550텡게 날아간 것 가지고 아까운 시간을 허비할 수는 없다.

우리는 우리 할 일이 있다.

호텔을 나와 11시 쯤 버스를 타고 대통령궁을 지나 엑스포 전시관으로 간다.

이번 버스는 엑스포 행정실이 있는 전시관 뒤편으로 가는 버스이다. 그래야 색다른 시내 구경을 하며 갈 수 있기 때문이다.

엑스포 행정실 등 주변 건물들은 모두 유리로 지어진 새 건물들이다.

주변 건물들을 지나 엑스포 전시장으로 가면서 앞을 보니, 투명한

35. 사람에 대한 믿음의 실종

유리 지붕에 곡선이 특이한, 희한하게 생긴 건물이 눈에 들어온다.

알고 보니 2017년에 개관한 콩그레스 센터(Congress Center)이다. 이 건물은 다기능 문화 공연 시설로서 국제회의, 포럼, 심포지엄, 스포츠와 문화 행사나 국가의 공식 행사 등을 개최할 수 있는 시설들이 갖추어져 있다.

이 건물의 외관은 현재와 미래의 급속한 발전을 상징하는 형태를 표현한 것이라 한다.

여하튼 보는 것만으로도 즐거운 재미있는 건물이다.

한편 2017년 개최된 아스타나 엑스포 전시장은 유리로 덮인 둥그런 공 속에 있다. 입장료는 1,500텡게이고. 총 8층인데 주제는 에너지 생산이다.

엑스포 전시관: 에너지를 상징하는 무늬들

엑스포 전시관: 에너지를 상징하는 무늬들

8층은 미래의 아스타나, 7층은 우주 에너지, 6층은 태양 에너지, 5층은 풍력 에너지, 4층은 생물 에너지, 3층은 운동 에너지, 2층은 물 에너지, 1층은 카자흐스탄 국가관으로 되어 있다.

1층으로 들어가니 에너지를 형상화한 듯한 화려한 장식들이 문길을 끈다.

일단 엘리베이터를 탄다.

건물 중앙에 배치된 엘리베이터는 좌우 4대씩 총 8대인데, 가고자하는 층을 눌러 놓으면 어떤 엘리베이터를 타야하는지 표시가 나온다. 엘리베이터를 타면 지가 알아서 내리고자 하는 층에 서 준다.

아마도 엘리베이터 타기 전에 누르고 엘리베이터 타고 난 후 가고자하는 층을 누르는 것을 통합하여 한 번만 누르고 엘리베이터를 타면 되게끔 해 놓은 것이다.

이것도 어쩌면 에너지(전기)를 절약하는 방법이 될 수 있다 싶다.

아스타나 엑스포 주제가 에너지라서 이런 방법을 고안하여 제시하는 것인지도 모르겠다.

여하튼 색다른 경험이고 아이디어이다.

엘리베이터에서 밖을 보면 맞은편에는 엘리베이터가 보이고 밑과 위에는 건물 밑바닥과 천정이 보인다.

8층으로 올라가서 밖을 보니 전망이 끝내준다.

동서남북 전망을 보고 사진을 찍는다.

한쪽에는 아래층이 훤히 보이는 스카이워크가 있다. 가슴이 조마조마하다. 요 유리가 깨지면, 우와, 저 밑에서 박살이 날 것이다.

엑스포 전시관 안

카자흐스탄 아스타나

엑스포 전시관 8층 전망

엑스포 전시관 8층 전망

35. 사람에 대한 믿음의 실종

우린 밑에 층, 6층인가 5층으로 내려갔다가 위를 올려다보니 스카이 워크에 서 있는 사람들이 공중에 떠 보인다.

우리도 이런 사진을 찍어야겠다 싶어 한 사람은 올라가고 한 사람은 남아서 사진을 찍는다.

나중에 보니 정말 공중에 떠 있는 사람 같다.

각층마다 볼 만하다. 에너지 생산 방법도 다양하고,

엑스포 전시관 워크

기발한 것이 많다. 그리고 많이 배웠다.

7층의 우주 에너지관은 우주선과 우주인 모형, 달 탐사선 등이 전시되어 있다.

6층의 태양 에너지관은 커다란 붉은 태양의 형태로 되어 있는데, 그

카자흐스탄 아스타나

태양에너지관

태양에너지관: 태양열 자동차

35. 사람에 대한 믿음의 실종

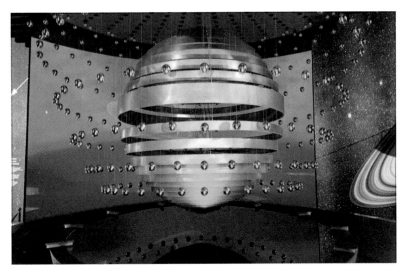

엑스포 전시관: 레이저 쇼

속으로 들어가면, 구 전체가 태양과 별들, 지구의 생성 과정 등을 입체 영상으로 보여준다. 우린 우주 속에 서서 앞 뒤, 위의 천체들이 어떻게 변화하고 있는지를 구경하는 것이다.

　요 밖으로 나가면 레이저쇼가 진행되는데 정말 볼 만하다.

　천정에서 수십 개의 공과, 둥그런 테두리가 나와 여러 형태를 다양하게 보여 주는 쇼를 진행한다.

　이것만 봐도 1,500텡게 값어치는 충분하다고 생각한다.

　이 레이저쇼는 한국 사람이 기획하고 만든 것이란다.

　갑자기 마음이 뿌듯해진다.

카자흐스탄 아스타나

36. 밤새 헤맬 줄 알았는데…….

2018년 11월 27일(화)

5층은 풍력 에너지관이고, 4층은 생물 에너지관이다.

풍력에너지는 흔히 풍력발전소를 생각하면 된다. 바람의 힘을 에너지로 전환시키는 시설 등이 전시되어 있다.

한편 생물 에너지란 생물로부터 파생된 재료에서 얻을 수 있는 재생가능 에너지이다. 예컨대, 목재 폐기물, 짚, 동물의 배설물 등등으로부터 에너지를 얻어내는 것을 말한다.

4층에는 초코파이, 빵, 커피 등을 파는 조그만 가게가 있다.

어차피 점심을 먹어야 하나, 이 안에서 먹을 수 있는 곳은 여기뿐이니 어쩔 수 없다. 빵과 커피를 시켜서 먹는다.

엑스포 전시관: 풍력에너지관

3층은 운동 에너지관인데, 운동 에너지란 운동하고 있는 물체 또는 입자가 갖는 에너지를 말하는데, 예컨대 사람이 걸을 때 생기는 에너지를 전기에너지로 변환시키는 조그마한 장치가 부착되어 있는 운동화 같은 것이 전시되어 있다.

이런 아이디어는 참 참신하다.

그냥 이런 운동화를 신고 걷기만 하면 우리가 사용하는 휴대전화기 정도에 충분히 공급

엑스포 전시관: 수력에너지관

할 수 있는 전기를 생산할 수 있다고 한다.

2층의 물 에너지관은 물을 이용하여 에너지를 얻는 방법 등을 보여준다.

이제 1층으로 내려와 3차원 롤러코스트를 경험한다.

안경을 쓰고 입체 영상 속의 가상현실을 체험하는 거다. 이거 재미있다. 로스엔젤레스의 디즈니랜드에서 체험해본 것과 비슷하다.

카자흐스탄 아스타나

카자흐스탄 국가관: 유르트

카자흐스탄 국가관: 전시물

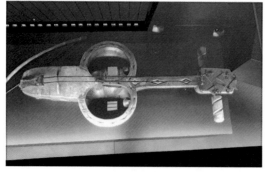

카자흐스탄 국가관: 전통 악기

너무 재미있어 롤러코스트가 밑으로 푹 떨어지는 경험, 바위가 머리 위로 떨어지며 아슬아슬하게 비켜가는 경험 등이 생생하다.

여기 와서 이거만 해봐도 1,500텡게 가치는 충분한 듯하다.

1층엔 이 이외에도 볼거리가 많다.

1층이 카자흐스탄 국가관인 만큼 카자흐스탄의 전통 악기들도 진열되어 있고, 이들의

36. 밤새 헤맬 줄 알았는데.....

집인 유르트도 전시되어 있다.

어찌되었든 오늘은 엑스포 전시관 안에서 실컷 논다.

'밖으로 나가봐야 춥기만 할 텐데, 뭘!' 그러면서 우리는 실내에서 온종일 실컷 노는 지혜를 발휘하는 것이다.

5시가 넘어서 밖으로 나와 버스를 탄다.

G2앱에서 우리 호텔 가는 버스를 찾아보니 70번, 47번 버스가 서는 정류장이 가장 가깝다.

정류장으로 가는 길엔 오벨리스크 같은 조형물이 우뚝 솟아 있다.

이 조형물을 지나 정류장에서 47번 버스를 탄다.

그런데!

앱에 표시된 버스 노선대로 가다가, 어, 이상하다, 노선을 벗어나 전혀 엉뚱한 데로 가고 있는 거다.

아니, 버스 노선이 바뀌었는데, 이 앱이 업데이트 되지 않은 채

엑스포 전시관: 오벨리스크

카자흐스탄 아스타나

옛날 노선을 그대로 표시해 주고는 이 버스를 타라고 한 것이다.

에라, 모르겠다. 끝까지 한 번 가보자.

자꾸 호텔과는 더 멀어진다.

결국 종점까지 갔다가 다시 돌아 나오는 수밖에 없다.

그런데 갑자기 전화기에 내 위치가 안 잡힌다. 그러니 도대체 여기가 어딘지 알 수가 있나?

답답하다.

엑스포 전시관: 1층

"나는 왜 여기에 있는고?"

이건 철학적 물음이다.

이건 내가 갑자기 철학자가 되어서 그런 게 절대 아니다. 답답한 나머지 내 존재에 대한 회의가 들었기 때문이다.

어찌되었든 이런 철학적 물음은 답을 얻기 어렵다.

그렇다고 "나는 어디에 있는고?" 형이하학적 질문을 해봐도 모르는 건 모르는 거다.

에이~, 아능 게 하나도 읎네.

옆 사람에게 물어봐도 제대로 된 대답을 듣기는 어렵다. 커뮤니케이션이 안 되는 건 물론, 설사 된다 해도 지도를 보는 능력이 있어야 현위치를 알려 줄 텐데, 대부분의 사람들이 제대로 지도를 읽지 못하기 때문이다.

엑스포 전시관: 조각

에라, 모르겠다, 다시 돌아가다 보면 위치가 잡히겠지.

계속 핸드폰 속의 지도만 들여다본다.

한참 후에 내 위치 표시가 나온다.

역시 지성이면 감천이다. 하늘의 응답을 들은 것이다.

얼른 목적지를 젤소미노 부티크 호텔로 치고는 현 위치에서 가는 방법을 찾으니, 마침 이 버스정류장에서 24번을 타면 된다고 나온다.

카자흐스탄 아스타나

신용이 떨어진 앱이라고는 하나 그래도 믿을 것은 이 앱밖에 없다.

얼른 내려 24번 버스를 기다린다.

밤이 되어 날씨는 더욱 차가워지고 찬바람은 더욱 매서워 지는데, 버스는 오지 않고, 이제 발이 시려 온다.

다행히 정류장은 세 면이 막혀 있어 어느 정도 바람을 막아 주기는 하지만, 영하 15도의 기온에 체감 온도는 영하 27도가 넘으니, 안 추울 리가 있겠나?

기다리던 24번 버스는 다행히도 앱에 표시된 노선대로 간다.

호텔 앞 정류장에 내려 일단 옆의 빌딩으로 들어간다.

물어보니 3층에 식당이 있다 한다.

3층으로 올라가 볶음밥과 생선 한 토막, 버섯 닭고기, 주스 한 잔을 먹는다,

주내는 쇠고기 우동 라면과 생선 한 토막으로 저녁을 때운다. 가격은 각각 1,250, 1,100텡게이다,

참 싸게도 잘 먹었다. 이런 걸 보면, 새삼 다시 느끼는 것이지만 한국식당은 정말 무지무지하게 비싸다.

호텔로 무사히 돌아왔다.

흐! 다행이다, 못 오고 밤새 헤맬 줄 알았는데…….

36. 밤새 헤맬 줄 알았는데……

37. 손을 대고 기도하면 소원이 이루어진다고?

워디로 가야만 하나?

원래 계획은 아스타나에서 2-3일 있고, 조선 말기 의병장이자 독립운동가인 홍범도 장군과 민족사학자이자 한글학자인 뒤바보[北愚] 계봉우 선생이 스탈린의 강제이주정책에 의해 이주해 살다가 돌아가신 키질로르다(Kyzylorda)를 방문하고자 했다.

이 두 분 묘소나 돌아보고 왔으면 했지만, 날씨가 너무 매서운 데다, 눈 속에 가는 길이 험하고 멀어서 그냥 아스타나에 있기로 한 것이다.

사실 비행기를 타면 안 될 것도 없으나, 주머니 사정을 생각하다보니……. 두 분 선생님께 죄스런 생각이 든다.

한편 어제 밤에 초롱 씨로부터 전화가 왔는데, 이 선생과 초롱 씨는 터키 이스탄불, 이즈미르, 괴뢰메 등을 돌아보고 다시 트빌리시로 와 아르메니아 예레반 등을 갔다가 오늘 새벽에 이 호텔로 온다는 것이다.

아침을 먹고 호텔 프런트에 이 선생과 초롱 씨가 새벽에 들어왔는가를 물으니, 그런 분은 아직 안 왔다고 한다.

이 선생과 초롱 씨를 기다리다 12시가 넘어 전화를 해보니 잠에 취해 전화를 받는다.

새벽에 도착하여 이 호텔에 가까운 무슨 비즈니스 호텔이라는 곳에서 잠을 자고 오후에 우리 호텔로 온다는 거다.

아마 2시나 되어야 우리 호텔로 올 것이다.

우리끼리 중무장을 하고 나간다.

카자흐스탄 아스타나

바이테렉 탑에서 본 대통령궁

버스를 타고 바이테렉 탑(Baiterek Tower)으로 간다.

바이렉텍 탑 앞의 카페로 들어간다.

벌써 1시 반이다.

점심으로 새우밥 2,900, 국수 1,800, 보드카 1,000, 총 5,700. 새우가 맛있댜. 역시 돈대로 간다.

누군가 외치는 소리가 들리는 듯하다. 환청이다.

'니들이 돈맛을 알아?'

이게 돈맛이라면 참으로 소박한 돈맛이다.

돈 가지고 갑질하면서,

"니가 돈맛을 알아?"

라고 하는 말과는 본질적으로 다르다.

37. 손을 대고 기도하면 소원이 이루어진다고?

어찌되었든 감사한다.

일용할 양식을 통해 돈맛을 보았으니 감사할 수밖에.

물론 돈맛 보기 전에 감사하고 입맛을 봐야하지만, 그건 경지가 높은 예수나 석가 수준의 신선들이 하는 바이고, 우리 같은 속인들은 늘 맛본 다음에야 감사를 깨우친다.

이게 그 분들과는 다른 점이다.

여하튼 감사합니다. 하느님! 맛있는 일용할 양식을 주셔서 감사합니다.

이 카페에서 나와 바이테렉 탑으로 올라간다.

바이테렉 탑은 아스타나의 가운데에 위치한 아스타나를 상징하는 탑이다.

이 탑은 2002년 건립되었는데,

바이테렉 탑

카자흐스탄 아스타나

136

바이테렉 탑 야경

알마티에서 아스
타나로 수도를 옮
긴 1997년을 기
념하기   위해
97m의   높이로
세워진 것이다(수
족관, 갤러리 및
작은 카페가 있는
지하층을 합하면
105미터이다)

1,000톤이 넘
는 이 탑은 500
개의 파일로 지지
되며, 황금알인
유리 공은 직경이
22미터이고 무게
는 약 300톤이
다.

이 탑의 형태
는 카자흐스탄의 전설을 바탕으로 세워진 것이다. 곧, 생명의 나무 위에
황금 알을 떠받치고 있는 둥지를 나타낸 것이라 한다.

카자흐스칸의 전설에 따르면, '삼룩(Samruk)'이라는 거대한 새가 생
명의 나무 위에 일 년에 한 번씩 황금알을 낳는다고 한다.

37. 손을 대고 기도하면 소원이 이루어진다고?

이 생명의 나무는 신화학 상으로 우리나라의 신단수(神檀樹)와 같은 우주목(宇宙木)이고, 황금알은 태양을 상징한다.

한편 삼룩이라는 새는 우리 신화에서 태양에 사는 새로 알려진 삼족오로 볼 수 있다. 곧, 신화학 상으로 이 전설의 내용은 우주목과 새, 태양의 구조를 띠고 있어 우리 삼족오 신화와 플로트가 같다.

이 탑에서는 동쪽으로 대통령궁, 서쪽으로는 연인들의 공원과 칸 샤티르 쇼핑몰을 전망하도록 되어 있다.

또한 여기에는 2003년 아스타나에서 열린 세계종교지도자회의에 참

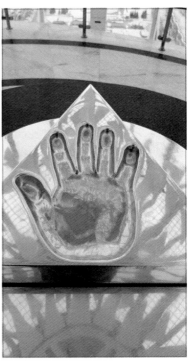

바이테렉 탑: 칸 샤티르 몰   바이테렉 탑: 대통령 손바닥

카자흐스탄 아스타나

석한 종교 지도자들이 서명한 17개의 꽃잎과 지구본으로 구성된 꽃 모양의 원형 목판이 있고, 카자흐스탄 대통령인 누르술탄 나자르바예프 (Nursultan Nazarbayev)의 오른쪽 손바닥이 황금색 금박 무늬로 오목 새김 되어 있다.

이 손바닥에 손을 대고 기도하면 소원이 이루어진다는 말에 따라 방문객들이 손바닥을 대고 기도를 한다.

가만히 생각해보니, 이와 똑같은 광경을 어디에서 봤드라?

그렇다. 알마티의 독립기념탑에서도 어느 꼬마가 손바닥을 대고 소원을 비는 걸 본 것이 생각난다.

나자르바예프 대통령의 손바닥에 손을 대고 소원을 빌면 이루어진다는 낭설은 초대 대통령이자 종신 대통령인 독재자 나자르바예프를 신격화시키기 위해 만들어낸 가짜 뉴스일 뿐인데도 사람들은 열심히 손바닥을 댄다.

저들은 저러면서 무엇을 빌꼬?

이 탑 전망대에는 간이 카페가 있다.

커피 한 잔을 시켜놓고 쉬면서 창밖의 건물들을 살펴보며 가야 할 곳을 정한다.

37. 손을 대고 기도하면 소원이 이루어진다고?

38. 아직도 철이 안 났으니······.

2018년 11월 28일(수)

이 탑 서쪽 길 건너에는 국립기록물보관소(National Archives of Kazakhstan) 건물과 카자흐스탄 국립학술도서관(National Academic Library of the Republic of Kazakhstan) 건물이 붙어있다.

국립기록물보관소 건물은 달걀 모양의 지붕을 가진 특이한 건물이다. 한편 매년 25,000명 이상이 이용하는 국립학술도서관은 완전 자동화된 시스템에 온라인 및 무료 인터넷 서비스를 제공하는 현대화된 착한 도서관이다.

국립기록물보관소를 지나 조금 더 내려가면 녹색의 현대식 빌딩들이 눈길을 끈다.

카자흐스탄 국립기록물보관소와 국립학술도서관

카자흐스탄 아스타나

에메랄드 건물들

어떤 것은 마치 책을 세워놓아 윗부분이 벌어진 듯한 느낌의 건물이고, 어떤 것은 건물의 선 모양이 직선이 아닌 곡선을 띠고 있는 건물이다. 이 건물들은 에메랄드 타우어(Emerald Towers)라고 부른다.

이 건물 맞은편엔 대형 몰(Mall)이 있다.

주내는 쇼핑 몰에 남겨두고 1시간 후에 만나기로 하고선 누르 아스타나 모스크(Nur Astana Mosque)로 간다.

이 모스크는 길 건너에 있는데, 가면서 감상하는 고층빌딩들이 재미있다.

38. 아직도 철이 안 났으니……

누르 아스타나 모스크: 안과 밖

카자흐스탄 아스타나

그끄저께 갔던 하즈랏 술탄 모스크보다는 작지만, 이 모스크는 안에 약 5,000명을 수용할 수 있고, 밖은 2,000명을 수용할 수 있을 만큼 크다.

이 모스크는 카타르로부터 자금을 조달받아 아스타나에 처음 세운 모스크인데, 지붕은 40미터 높이의 황금색 돔이고, 건물 자체는 하얀 순백색이며, 63미터 높이의 4개 미나레트가 이 사원을 호위하고 있다.

이 사원의 높이가 왜 40m이고, 미나레트의 높이가 63m냐고?

그건 이유가 있지~.

예언자 모하메트 씨가 신의 계시를 받았을 때 나이가 40이어서 이 나이를 상징하여 40m 높이의 사원을 세운 것이고, 미나레트 높이는 마호메트 씨의 돌아가신 나이가 63세였기 때문에 이를 상징하는 거란다.

카자흐스탄의 빌딩들

38. 아직도 철이 안 났으니.....

카자흐 국영석유회사가 들어 있는 건물

마호메트 씨는 40세에 도를 깨치고 63세에 영면하셨다는데, 나는 나이가 70인데도 아직 철이 안 났으니······.

이 모스크 내부는 역시 화려하고 볼 만하다.

눈밭을 헤치며 온 보람이 있다.

다시 주내가 있는 쇼핑몰로 가는 길을 잡는다.

모스크에서 나와 길을 건너 길게 늘어진, 가운데가 뚫려 이쪽에서 보면 칸 샤이르 쇼핑몰이 보이고 저쪽에서 보면 바이테렉 탑이 보이는, 건물 쪽으로 간다.

이 건물에는 카자흐 국영 석유회사인 카즈 트랜스 오일(Kaz Trans Oil)이라는 회사가 들어 있다.

이 건물 쪽에서 바이테렉 탑이 있는 쪽 공원으로 향한다.

카자흐스탄 아스타나

카자흐스탄 교통통신부 건물

38. 아직도 철이 안 났으니.....

2019년 속의 바이테렉 탑

우선 눈에 띄는 것은 라이터(Lighter), 또는 황새치(Swordfish) 라는 별명으로 불리기도 하는 즈다니에 교통탑(Zdaniye Transport Tauer)이라는 이름의 카자흐스탄 교통통신부 빌딩이다.

이 빌딩 역시 참 아름다운 건물이다.

한편 저쪽으로는 바이테렉 탑이 2019년 속에 놓여 있다.

공원을 따라 주내가 기다리는 쇼핑몰로 간다.

가는 길 좌우엔 금속인지 유리인지 반짝이는 거울 조각을 이어붙인 듯한 조형물들이 많다. 학도 있고, 사슴도 있고, 호랑이도 있다.

모두 등에는 눈을 쌓여 있다.

아까 본 주변 건물들이 크기도 하려니와 참 아름답기도 하다. 아스타나는 새로 건설된 도시여서 예술적인 건축물들이 볼 만하다.

카자흐스탄 아스타나

에메랄드 건물 야경

38. 아직도 철이 안 났으니.....

공원의 호랑이 조각

다리가 뻐근하다.

쇼핑몰에서 주내를 만나 버스 타는 곳으로 가다 보니 어둑어둑해진
다.

저녁 먹을 곳을 찾는다.

볶음면 파는 곳으로 들어가 볶음면을 시켜 저녁을 먹는다.

그리고 밖으로 나오니 야경이 볼 만하다.

39. 카자흐스탄, 우리와 닮았다.

2018년 11월 29일(목)

드디어 간다. 돌아갈 날이다.

12시에 체크아웃.

가방을 맡겨놓고 한국문화원에 간다.

둥굴레 차를 다식을 곁들여 마신다. 한글 서예 작품, 한국 의상 등등
의 전시품을 보고 그 옆의 인기 식당에 가 점심을 먹는다.

그리곤 카자흐스탄 국립역사박물관으로 간다.

날씨는 매섭다.

버스에서 내려 박물관 안으로 들어가니 우선 눈에 띄는 것이 천정을

한국문화원

39. 카자흐스탄, 우리와 닮았다.

카자흐스탄 국립역사박물관: 삼룩

나는 황금새이다.

아마 이 새가 전설상의 황금알을 낳는 삼룩이라는 새인가?

이 지역에서 발굴된 고대 유물들부터 관람한다.

그러나 아무리 집중해서 봐야 까막눈이다.

구석기, 신석기 시대의 화살촉, 손도끼 등등은 옛날에 우리나라에서 본 것과 비슷하다. 특별한 건 없는 거 같다.

그리고 청동기, 철기, 질그릇, 유리그릇 등등도 비슷비슷하다.

옛날 움집 모형이며, 무척 큰 무덤 모형도 잘 모르니 그냥 보이는 대로 보는 거다.

다만 이러한 전시물들이 어디에선가 본 것 같은 친근한 느낌이 들 뿐이다. 부산 박물관에서 봤든가? 용산에 있는 국립박물관에서 봤든가?

카자흐스탄 아스타나

카자흐스탄 국립역사박물관: 무덤 모형

카자흐스탄 국립역사박물관: 움집

39. 카자흐스탄, 우리와 닮았다.

밖은 영하 1, 2도밖에 안되지만 바람이 초속 10미터 이상으로 불어 체감 온도는 무척 춥다. 그냥 안에서 놀면서 본다.

여기도 귀부에 비석을 세워 놓은 것이 보인다.

글자는 모르는 부호여서 읽지는 못하지만, 그 모습이나 형태는 우리가 한국에서 본 것과 비슷하다. 비석을 받치고 있는 거북의 입을 보니 이빨을 드러내놓고 웃는 모습이다.

그 옆의 또 다른 비석은 묵중한 것이 광개토대왕비를 닮았다.

여기도 광개토대왕비가 있나?

카자흐스탄 국립역사 박물관: 비석

카자흐스탄 아스타나

죽 돌아보다보니 두건을 쓴 두상이 보인다. 두건의 앞 모양은 역시 삼룩이라는 새가 날개를 활짝 펼치고 서 있는 모습이다.

또한 독립기념탑(Monument Kazakh Eli)의 꼭대기에도 똑같은 새가 있음을 볼 때, 카자흐스탄은 여러 민족으로 구성된 국가이지만, 아무래도 그 원류는 동이족 가운데 새를 토템으로 하는 봉족의 일파가 아닌가 하는 생각이

카자흐스탄 국립역사박물관: 두상

든다(참고로 동이족은 동북아시아의 전설을 바탕으로 하늘 민족인 해를 토템으로 하는 환족(桓族), 새를 토템으로 하는 봉족(鳳族), 소와 양을 토템으로 하는 양족(羊族), 소나무를 토템으로 하는 송족(松族), 잣나무를 토템으로 하는 백족(柏族)의 다섯으로 나눈다. 박문기, 1991. 〈대동이〉 참조),

한편 저쪽 방은 중국 이곳저곳의 풍경을 찍은 사진들을 전시한 곳인

39. 카자흐스탄, 우리와 닮았다.

데 크게 볼 것
은 없다.

그리고 이
박물관엔 한국
의 탈들을 전시
한 특별전시실
이 있다.

반가운 마
음으로 들어가
보니 하회탈,
각시탈 등등 수
십 가지 해학적
인 탈 따위가
전시되어 있다.

이렇게 많
은 종류의 탈들
이 있다는 것을
오늘 처음 알았
다. 내가 모르
는 탈들이 너무
많다.

우리 것인
데도 우린 잘

카자흐스탄 국립역사박물관 특별전시실

카자흐스탄 아스타나

카자흐스탄 국립역사박물관: 그림

카자흐스탄 국립역사박물관: 그림

카자흐스탄 국립역사박물관: 철사공예품

39. 카자흐스탄, 우리와 닮았다.

모르는 것이다.

중앙아시아 까지 와 가지고서야 비로소 우리 것을 배우다니, 이 무슨 조화인가?

이제 7층으로 엘리베이터를 타고 올라간다.

여긴 철사공예품들이 전시되어 있다.

6층엔 의상을 전시하려고 준비 중이고. 몇 층인가는 카자흐스탄의 천재 화가 알피스바이 카즈굴로프 (Alpysbai

Kazgulov)의 그림들이 전시되어 있다.

잘은 모르지만 그림을 잘 그렸다는 생각은 든다.

그냥 느낌이다.

때 아닌 그림 감상을 하고 2층이든가로 들어가니 이 방은 이 나라 대통령과 관련된 방이다. 1991년부터 28년 동안 통치하고 있는 카자흐스탄의 영웅으로 칭송되는 사람이다.

그렇지만, 살아있는 사람의 동상이며, 옷 등을 전시해놓고 숭배를 강요하는 듯하여 나그네의 눈엔 별로 좋은 것 같지는 않다.

그 옆방이든가, 오히려 유르트와 이들의 생활상을 보여주는 맷돌과 절구 찧는 여인의 모습을 한 전시물이 더욱 마음에 와 닿는다.

4시 반쯤 나와 버스를 타고 호텔로 돌아온다.

저녁은 호텔 근처에서 쇠고기 샤슬릭과 보드카로 때운다.

카자흐스탄 국립역사박물관: 유르트와 방아찧는 여인

카자흐스탄 아스타나

아스타나 공항

그리곤 호텔에서 초롱이네와 만나 택시를 타고 눈발을 헤치며 공항으로 온다.

공항에선 여권 심사하는 여자가 자꾸 주내 여권 사진과 실물이 다르다고 트집을 잡으며 시간을 끈다.

참내—.

이제 공항에서 더 이상 할 일이 없다.

인천 가는 비행기는 새벽 0시 30분에 있으니, 오늘이 아니라 내일이다.

이제 비행기만 타면 두 달 동안의 중앙아시아 여행은 끝이다.

〈끝〉

두 달 동안의 여행이지만, 카자흐스탄과 키르기스스탄 여행은 한 달이 채 안 되는 기간이었다.

원래는 우즈베키스탄과 투르크메니스탄도 가보고자 하였으나 그러지 못하였고, 키르기스스탄에서도 날씨 때문에 제일 아름답다는 송콜 호수에도 못 가보고 유르트 체험도 못하였다.

또한 키르기스스탄 제 2의 도시인 오쉬 등 남부 지역에도 가보지 못하였다.

카자흐스탄도 마음껏 둘러보지 못한 것은 마찬가지이다.

돌아와서 보니 단지 알마티와 그 주변, 그리고 아스타나밖에 가본 곳이 없다.

알마티에서는 키질로르다라는 도시도 꼭 방문하고 싶었으나 그러지 못했고, 아스타나에서는 카라간다에서 발견되었다는 사리아카의 피라미드도 가 보고자 하였으나 날씨 때문에 포기하고 만 여행이었다.

이건 사실 카자흐스탄을 너무 몰랐기 때문이다. 큰 땅덩이의 나라라는 건 알았지만, 미국의 반이나 될 만큼 큰 나라인줄은 몰랐기에 무모한 계획을 짰던 것이다.

그렇지만 카자흐스탄과 키르기스스탄 방문은 아직도 잊혀 지지 않는다.

카르기스스탄의 자연, 높은 설산들의 파노라마, 이식쿨 호수의 아름다움, 사람과 자연이 조화된 카자흐스탄 알마티의 풍광, 그리고 아스타나의 예술작품이라 할 수 있는 현대식 건물들, 그리고 이들의 생활 모두 기억이 생생하다.

또한 카자흐스탄과 키르기스스탄의 역사나 유물 유적 등을 보면서, 그리고 이들의 생활 방식과 문화를 보면서 우리와 많이 닮았다는 것을 느낀 여행이었다.

공부가 부족하고, 이들의 문화, 역사, 유물에 대한 전문가가 아니라서 확실하게는 이야기하지 못하지만, 느끼는 바는 많았고 재미는 있었다.

앞으로 기회가 되는 대로 이번에 방문하지 못한 곳들과 우즈베키스탄, 투르크메니스탄을 묶어 다시 한 번 중앙아시아 국가들을 돌아보고자 한다면, 이 또한 과욕일까?

〈끝〉

후기

책 소개

　* 여기 소개하는 책들은 **주문형 도서(pod: publish on demand)**이므로 시중 서점에는 없습니다. 교보문고나 부크크에 인터넷으로 주문하시면 4-5일 걸려 배송됩니다.

　http//pubple.kyobobook.co.kr/ 참조.

　http://www.bookk.co.kr/store/newCart 참조.

여행기(칼라판)

〈일본 여행기 1: 대마도, 규슈〉 별 거 없다데스! 부크크. 2020. 국판 202
　쪽. 14,600원.

〈일본 여행기 2:고베 교토 나라 오사카〉 별 거 있다데스! 부크크. 2020.
　국판 180쪽. 13,700원.

〈타이완 일주기 1: 타이베이, 타이중, 아리산, 타이난, 가오슝〉 자연이 만
　든 보물 1. 부크크. 2020. 국판 208쪽. 14,900원.

〈타이완 일주기 2: 헝춘, 컨딩, 타이둥, 화롄, 지룽,타이베이〉 사연이 만든 보물 2. 부크크. 2020. 국판 166쪽. 13,200원.

〈동남아시아 여행기: 태국 말레이시아〉 우좌! 우좌! 부크크. 2019. 국판 234쪽. 16,200원.

〈인도네시아 기행〉 신(神)들의 나라. 부크크. 2019. 국판 132쪽. 12,000 원.

〈중앙아시아 여행기 1: 카자흐스탄, 키르기스스탄〉 천산이 품은 그림 1. 부크크. 2020. 국판 182쪽. 13,800원.

〈중앙아시아 여행기 2: 카자흐스탄, 키르기스스탄〉 천산이 품은 그림 2. 부크크. 2020. 국판 180쪽. 13,700원.

〈조지아, 아르메니아 여행기 1〉 코카사스의 보물을 찾아 1. 부크크. 2020. 국판 184쪽. 13,900원.

〈조지아, 아르메니아 여행기 2〉 코카사스의 보물을 찾아 2. 부크크. 2020. 국판 174쪽.

〈조지아, 아르메니아 여행기 3〉 코카사스의 보물을 찾아 3. 부크크. 2020. 국판 174쪽.

〈마다가스카르 여행기〉 왜 거꾸로 서 있니? 부크크. 2019. 국판 276
　　쪽. 21,300원.

〈러시아 여행기 1부: 아시아〉 시베리아를 횡단하며. 부크크. 2019. 국판
　　296쪽. 24,300원.

〈러시아 여행기 2부: 모스크바 / 쌩 빼쩨르부르그〉 문화와 예술의 향기.
　　부크크. 2019. 국판 264쪽. 19,500원.

〈러시아 여행기 3부: 모스크바 / 모스크바 근교〉 동화 속의 아름다움을
　　꿈꾸며. 부크크. 2019. 국판 276쪽. 21.300원.

〈유럽 여행기: 동구 겨울 여행〉 집착이 삶의 무게라고. 부크크. 2019.
　　국판 300쪽. 24,900원.

〈북유럽 여행기: 스웨덴-노르웨이〉 세계에서 제일 아름다운 곳. 부크크.
　　2019. 국판 256쪽. 18,300원.

〈포르투갈 스페인 여행기〉 이제는 고생 끝. 하나님께서 짐을 벗겨주셨노
　　라! 부크크. 2020. 국판 200쪽. 14,500원.

〈미국 여행기 1: 샌프란시스코, 라센, 옐로우스톤, 그랜드 캐년, 데스 밸
　　리, 하와이〉 허! 참, 이상한 나라여! 부크크. 2020. 국판 328쪽. 2
　　7,700원.

〈미국 여행기 2: 캘리포니아, 네바다, 유타, 아리조나, 오레곤, 워싱턴〉 보면 볼수록 신기한 나라! 부크크. 2020. 국판 278쪽. 21,600원.

〈미국 여행기 3: 미국 동부, 남부. 중부, 캐나다 오타와 주〉 그리움을 찾아서. 부크크. 2020. 국판 288쪽. 23,100원.

〈멕시코 기행〉 마야를 찾아서. 부크크. 2020. 국판 298쪽. 24,600원.

〈페루 기행〉 잉카를 찾아서. 부크크. 2020. 국판 250쪽. 17,000원.

〈남미 여행기 1: 도미니카 콜롬비아 볼리비아 칠레〉 아름다운 여행. 부크크. 2020. 국판 262쪽. 19,200원.

〈남미 여행기 2: 아르헨티나 칠레 파타고니아〉 파타고니아와 이과수. 부크크. 국판 270쪽. 20.400원.

〈남미 여행기 3: 브라질 스페인 그리스〉 아름다운 여행. 부크크. 2020. 국판 262쪽. 17,700원.

여행기(흑백판)

〈중국 여행기 1: 북경, 장가계, 상해, 항주〉 크다고 기 죽어? 교보문고 퍼플. 2017. 국판 211쪽. 9,000원.

〈중국 여행기 2: 계림, 서안, 화산, 황산, 항주〉 신선이 살던 곳. 교보문고 퍼플. 2017. 국판 304쪽. 11,800원.

〈베트남 여행기〉 천하의 절경이로구나! 교보문고 퍼플. 2019. 국판 210쪽. 8,600원.

〈태국 여행기: 푸켓, 치앙마이, 치앙라이〉 깨달음은 상투의 길이에 비례한다. 교보문고 퍼플. 2018. 국판 202쪽. 10,000원.

〈동남아 여행기 1: 미얀마〉 벗으라면 벗겠어요. 교보문고 퍼플. 2018. 국판 302쪽. 11,800원.

〈동남아 여행기 2: 태국〉 이러다 성불하겠다. 교보문고 퍼플. 2018. 국판 212쪽. 9,000원.

〈동남아 여행기 3: 라오스, 싱가포르, 조호바루〉 도가니와 족발. 교보문고 퍼플. 2018. 국판 244쪽. 11,300원.

〈터키 여행기 1〉 허망을 일깨우고. 교보문고 퍼플. 2017. 국판 235쪽.
9,700원.

〈터키 여행기 2〉 잊혀버린 세월을 찾아서. 교보문고 퍼플. 2017. 국판
254쪽. 10,200원.

〈시리아 요르단 이집트 기행〉 사막을 경험하면 낙타 코가 된다. 부크크.
2019. 국판 268쪽. 14,600원.

〈유럽여행기 1: 서부 유럽 편〉 몇 개국 도셨어요? 교보문고 퍼플. 2017.
국판 217쪽. 10,400원.

〈유럽여행기 2: 북유럽 편〉 지나가는 것은 무엇이든 추억이 되는 거야
교보문고 퍼플. 2017. 국판 213쪽. 9,100원.

여행기(전자출판.)

〈일본 여행기 1: 대마도, 규슈〉 별 거 없다데스! 부크크. 2019. 전자출
판. 2,000원.

〈일본 여행기 2: 오사카 교토, 나라〉 별 거 있다데스! 부크크. 2019. 전
자출판. 2,000원.

〈중국 여행기 1: 북경, 장가계, 상해, 항주〉 크다고 기 죽어? 부크크. 2019. 전자출판. 2,000원.

〈중국 여행기 2: 계림, 서안, 화산, 황산, 항주〉 신선이 살던 곳. 부크크. 2019. 전자출판. 2,000원.

〈타이완 일주기 1〉 자연이 만든 보물 1. 부크크. 2019. 전자출판. 2,000 원.

〈타이완 일주기 2〉 자연이 만든 보물 2. 부크크. 2019. 전자출판. 1,500 원.

〈동남아 여행기 1: 미얀마〉 벗으라면 벗겠어요. 부크크. 2019. 전자출 판. 2,000원.

〈동남아 여행기 2: 태국〉 이러다 성불하겠다. 부크크. 2019. 전자출판. 2,000원.

〈동남아 여행기 3: 라오스, 싱가포르, 조호바루〉 도가니와 족발. 부크크. 2019. 전자출판. 2,000원.

〈동남아 여행기 1: 수코타이, 파타야, 코타키나발루〉 우좌! 우좌! 부크 크. 2019. 전자출판. 2,000원.

〈태국 여행기: 푸켓, 치앙마이, 치앙라이〉 깨달음은 상투의 길이에 비례
한다. 부크크. 2019. 전자출판. 2,000원.

〈인도네시아 기행〉 신(神)들의 나라. 부크크. 2019. 전자출판. 2,000원.

〈중앙아시아 여행기 1: 카자흐스탄, 키르기스스탄〉 천산이 품은 그림 1.
부크크. 2019. 전자출판. 2,000원.

〈중앙아시아 여행기 2: 카자흐스탄, 키르기스스탄〉 천산이 품은 그림 2.
부크크. 2019. 전자출판. 2,000원.

〈조지아, 아르메니아 여행기 1〉 코카사스의 보물을 찾아 1. 부크크. 2019.
전자출판. 2,000원.

〈조지아, 아르메니아 여행기 2〉 코카사스의 보물을 찾아 2. 부크크. 2019.
전자출판. 2,000원.

〈조지아, 아르메니아 여행기 3〉 코카사스의 보물을 찾아 3. 부크크. 2019.
전자출판. 2,000원.

〈러시아 여행기 1부: 아시아 편〉 시베리아를 횡단하며. 부크크. 2019.
전자출판. 2,500원.

〈러시아 여행기 2부: 모스크바 / 쌩 빼쩨르부르그〉 문화와 예술의 향기. 부크크. 2019. 전자출판. 2,500원.

〈러시아 여행기 3부: 모스크바 / 모스크바 근교〉 동화 속의 아름다움을 꿈꾸며. 부크크. 2019. 전자출판. 2,500원.

〈북유럽 여행기: 스웨덴-노르웨이〉 세계에서 제일 아름다운 곳. 부크크. 2019. 전자출판. 2,500원.

〈유럽 여행기: 동구 겨울 여행〉 집착이 삶의 무게라고. 부크크. 2019. 전자출판. 3,000원.

〈터키 여행기 1〉 허망을 일깨우고. 부크크. 2019. 전자출판. 2,500원.

〈터키 여행기 2〉 잊혀버린 세월을 찾아서. 부크크. 2019. 전자출판. 2,500원.

〈시리아 요르단 이집트 기행〉 사막을 경험하면 낙타 코가 된다. 부크크. 2019. 전자출판. 2,500원.

〈마다가스카르 여행기〉 왜 거꾸로 서 있니? 부크크. 2019. 전자출판. 2,500원.

〈미국 여행기 1: 샌프란시스코, 라센, 옐로우스톤, 그랜드 캐년, 데스 밸리, 하와이〉 허! 참, 이상한 나라여! 부크크. 2020. 전자출판. 3,000원

〈미국 여행기 2: 캘리포니아, 네바다, 유타, 아리조나, 오레곤, 워싱턴〉 보면 볼수록 신기한 나라! 부크크. 2020. 전자출판. 2,500원.

〈미국 여행기 3: 미국 동부, 남부. 중부, 캐나다 오타와 주〉 그리움을 찾아서. 부크크. 2020. 전자출판. 2,500원.

〈멕시코 기행〉 마야를 찾아서. 부크크. 2020. 전자출판. 3,000원.

〈페루 기행〉 잉카를 찾아서. 부크크. 2020. 전자출판. 2,500원.

〈남미 여행기 1: 도미니카 콜롬비아 볼리비아 칠레〉 아름다운 여행. 부크크. 2020. 2,000원.

〈남미 여행기 2: 아르헨티나 칠레 파타고니아〉 파타고니아와 이과수. 부크크. 2020. 2,000원.

〈남미 여행기 3: 브라질 스페인 그리스〉 아름다운 여행. 부크크. 2020. 2,000원.

<u>우리말 관련 사전 및 에세이</u>

〈우리 뿌리말 사전: 말과 뜻의 가지치기〉. 재개정판. 교보문고 퍼플. 2020. 국배판 916쪽. 61,300원.

〈우리말의 뿌리를 찾아서 1〉 코리아는 호랑이의 나라. 교보문고 퍼플. 2016. 국판 240쪽. 11,400원.

〈우리말의 뿌리를 찾아서 1〉 코리아는 호랑이의 나라. e퍼플. 2019. 전자출판. 247쪽. 4,000원.

〈우리말의 뿌리를 찾아서 2〉 아내는 해와 같이 높은 사람. 교보문고 퍼플. 2016. 국판 234쪽. 11,100원.

〈우리말의 뿌리를 찾아서 3〉 안데스에도 가락국이……. 교보문고 퍼플. 2017. 국판 239쪽. 11,400원.

수필: 삶의 지혜 시리즈

〈삶의 지혜 1〉근원(根源): 앎과 삶을 위한 에세이. 교보문고 퍼플. 2017. 국판 249쪽. 10,100원.

〈삶의 지혜 2〉아름다운 세상, 추한 세상 어느 세상에 살고 싶은가요? 교보문고 퍼플. 2017. 국판 251쪽. 10,100원.

〈삶의 지혜 3〉정치와 정책. 교보문고. 퍼플. 2018. 국판 296쪽. 11,500원.

〈삶의 지혜 4〉미국의 문화, 교보문고 퍼플. 근간.

기타

4차 산업사회와 정부의 역할. 부크크. 2020. 국판 84쪽. 8,200원, 전자책 2,000원.

지은이 소개

- 송근원

- 대전 출생

- 여행을 좋아하며 우리말과 우리 민속에 남다른 애정을 가지고 있음.

- e-mail: gwsong51@gmail.com

- 저서: 세계 각국의 여행기와 수필 및 전문서적이 있음